周作人著作

瓜豆集

锺叔河——编订

岳麓书社·长沙

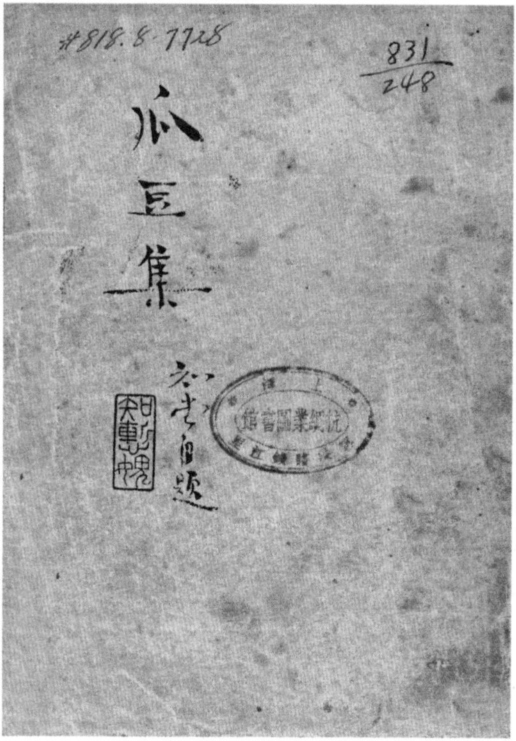

宇宙风本《瓜豆集》

编者的话

钟叔河

一九八七年一月七日《光明日报》上，岳麓书社刊出了我拟稿的一帧广告（左图），宣布了书社和我对重印周作人著作的观点：

“人归人，文归文。周作人其人的是非功过是另一问题，其书的主要内容是对传统文化和国民性进行反思，对中国—西方和中国—日本的文化历史进行比较研究，今之读者却不可不读。……”

随即便开始出书。既出周作人著作的单行本，也出精装合订本。两年之间，出了二十四种。

书当然不是想出便能出的，得按规矩，走程序。周家授权了，报告批复了，宋木文、杨牧之、伍杰各位领导都当面或来信表示应允和支持了，便能够出了。

出就得出好。当时强调了两条：（一）因为均系据旧本重印，所以一定要认真校订，尽力改正旧本误植失校的错误；（二）因为手稿不存，无法对勘，所以一定要详出校记，改动处一概保留原文，承担责任。

这两条，读者看来大都是认可的。直到如今，在旧书网上，八十年代“岳麓版”的周作人著作，始终都卖得不错。

现在，岳麓书社决定又来重版周作人著作，仍然要我负责编订，做法则一仍其旧。还是这些书，还是这两条，新的广告也就不必再做了。

鄢琨君三十年前和我同编了这些书，此次仍然合作，所有案头工作都是他做，各书重版说明也多是他写的。校记原列表在书末，如今改作尾注。鄢君新增校改之处，标出“鄢校”，特此说明，并志感谢。

二〇一八年五月十五日于长沙。

重版说明

《瓜豆集》，一九三七年三月上海“宇宙风社”初版，有题记一篇，收一九三六年五月至十二月间所写文章三十三篇，另附录两篇。

一九三六年五月，周作人将此前发表的文章结集为《风雨谈》交付北新书局后，将他在《宇宙风》半月刊开的随笔专栏“风雨谈”改名“风雨后谈”，从六月一日起陆续发表了八篇文章，即《小引》、《关于雷公》、《尾久事件》、《〈刘香女〉》（原题《女子的去路》）、《〈常言道〉》（原题《中日的滑稽文学》）、《鬼怒川事件》（原题《急进的妓女》）、《关于试帖》、《关于尺牍》。年底他将这八篇和近半年所写的其他文章结集交付出版，却没用《风雨后谈》作书名。《题记》第一段仍是

《宇宙风·〈风雨后谈〉小引》的话，新写的第二段中却说道：

“这半年里所写的文章大小总有三十篇左右，趁有一半天的闲暇，把他整理一下，编成小册，定名曰《瓜豆集》，‘后谈’的名字仍保存着另有用处。”

但后来，这《风雨后谈》的书名始终没能用上。

本社一九八九年十月据宇宙风本校订印行，此次即依该本加校重版。

目 录

题记 …… 1

关于雷公 …… 6
谈鬼论 …… 16
家之上下四旁 …… 27
《刘香女》 …… 37
尾久事件 …… 45
鬼怒川事件 …… 54
谈日本文化书 …… 62
谈日本文化书（其二） …… 70
怀东京 …… 75
东京的书店 …… 88
北平的好坏 …… 96
希腊人的好学 …… 103
谈“七月在野” …… 110
《常言道》 …… 120

《常谈丛录》 …………………………… 129
《常谈丛录》之二 ………………………… 137
《藤花亭镜谱》 …………………………… 143
关于试帖 …………………………………… 152
关于尺牍 …………………………………… 160
关于童二树 ………………………………… 171
关于邵无恙 ………………………………… 181
关于鲁迅 …………………………………… 191
《关于鲁迅》书后 ………………………… 204
关于鲁迅之二 ……………………………… 207
自己的文章 ………………………………… 219
结缘豆 ……………………………………… 225
谈养鸟 ……………………………………… 231
论万民伞 …………………………………… 236
再论万民伞 ………………………………… 239
再谈油炸鬼 ………………………………… 243
老人的胡闹 ………………………………… 247
关于贞女 …………………………………… 252
关于谑庵《悔谑》 ………………………… 256
附录一：叙《谑庵悔谑抄》（明倪鸿宝作） …… 262
附录二：悔谑（明王思任著，谑庵《文饭小品》本）
………………………………………… 264

题记

> 写《风雨谈》忽忽已五个月，这小半年里所写的文章并不很多，却想作一小结束，所以从《关于雷公》起就改了一个新名目。本来可以称作《雷雨谈》，但是气势未免来得太猛烈一点儿，恐怕不妥当，而且我对于中国的雷公爷实在也没有什么好感，不想去惹动他。还是仍旧名吧，单加上“后谈”字样。案《风雨》诗本有三章，那么这回算是潇潇的时候也罢，不过我所喜欢的还是那风雨如晦鸡鸣不已的一章，那原是第三章，应该分配给《风雨三谈》去，这总须到了明年始能写也。

这是今年五月四日所写，算作《风雨后谈》的小引，到了现在掐指一算，半个年头又已匆匆的过去了。这半年里所写的文章大小总有三十篇左右，趁有一半天的闲暇，把他整理一下，编成小册，定名曰

《瓜豆集》，“后谈”的名字仍保存着另有用处。为什么叫作瓜豆的呢？善于做新八股的朋友可以作种种的推测。或曰，因为喜讲运命，所以这是说种瓜得瓜种豆得豆吧。或曰，因为爱谈鬼，所以用王渔洋的诗，豆棚瓜架雨如丝。或曰，鲍照《芜城赋》云，“竟瓜剖而豆分”，此盖伤时也。典故虽然都不差，实在却是一样不对。我这瓜豆就只是老老实实的瓜豆，如冬瓜长豇豆之类是也。或者再自大一点称曰杜园瓜豆，即杜园菜。吾乡茹三樵著《越言释》卷上有“杜园”一条云：

> 杜园者兔园也，兔亦作菟，而菟故为徒音，又讹而为杜。今越人一切蔬菜瓜蓏之属，出自园丁，不经市儿之手，则其价较增，谓之杜园菜，以其土膏露气真味尚存也。至于文字无出处者则又以杜园为訾謷，亦或简其词曰杜撰。昔盛文肃在馆阁时，有问制词谁撰者，文肃拱而对曰，度撰。众皆哄堂，乃知其戏，事见宋人小说。虽不必然，亦可见此语由来已久，其谓杜撰语始于杜默者非。

土膏露气真味尚存，这未免评语太好一点了，但不妨拿来当作理想，所谓取法乎上也。出自园丁，不经市儿之手，那自然就是杜撰，所以这并不是缺点，唯人云亦云的说市话乃是市儿所有事耳。《五代史》云：

兔园册者，乡校俚儒教田夫牧子之所诵也。

换一句话说，即是乡间塾师教村童用的书，大约是《千字文》《三字经》之类，书虽浅薄却大有势力，不佞岂敢望哉。总之茹君所说的话都是很好的，借来题在我这小册子的卷头，实在再也好不过，就只怕太好而已。

这三十篇小文重阅一过，自己不禁叹息道，太积极了！圣像破坏（eikonoklasma）与中庸（sophrosune）夹在一起，不知是怎么一回事。有好些性急的朋友以为我早该谈风月了，等之久久，心想：要谈了罢，要谈风月了吧!？好像“狂言”里的某一脚色所说，生怕不谈就有点违犯了公式。其实我自己也未尝不想谈，不料总是不够消极，在风吹月照之中还是要呵佛骂祖，这正是我的毛病，我也无可如何。或者怀疑我骂韩愈是考古，说鬼是消闲，这也未始不是一种看法，但不瞒老兄说，这实在只是一点师爷笔法绅士态度，原来是与对了和尚骂秃驴没有多大的不同，盖我觉得现代新人物里不免有易卜生的“群鬼”，而读经卫道的朋友差不多就是韩文公的伙计也。昔者党进不许说书人在他面前讲韩信，不失为聪明人，他未必真怕说书人到韩信跟前去讲他，实在是怕说的韩信就是他耳。不佞生性不喜八股与旧戏，所不喜者不但是其物而尤在其势力，若或闻不佞谩骂以为专与《能与集》及小丑的白鼻子为仇，则其智力又未免出党太尉下矣。

孔子云，知之为知之，不知为不知，是知也。这在庄子看来恐怕只是小知，但是我也觉得够好了，先从不知下手，凡是自己觉得不大有把握的事物决心不谈，这样就除去了好些绊脚的荆棘，让我可以自由的行动，只挑选一二稍为知道的东西来谈谈。其实我所知的有什么呢，自己也说不上来，不过比较起来对于某种事物特别有兴趣，特别想要多知道一点，这就不妨权归入可以谈谈的方面，虽然所知有限，总略胜于以不知为知耳。我的兴趣所在是关于生物学人类学儿童学与性的心理，当然是零碎的知识，但是我唯一的一点知识，所以自己不能不相当的看重，而自己所不知的乃是神学与文学的空论之类。我尝自己发笑，难道真是从“妖精打架”会悟了道么？道未必悟，却总帮助了我去了解[1]许多问题与事情。从这边看过去，神圣的东西难免失了他们的光辉，自然有圣像破坏之嫌，但同时又是赞美中庸的，因为在性的生活上禁欲与纵欲是同样的过失，如英国蔼理斯所说：“生活之艺术其方法只在于微妙地混和取与舍二者而已。”凡此本皆细事不足道，但为欲说我的意见何以多与新旧权威相冲突，如此喋喋亦不得已。我平常写文章喜简略或隐约其词，而老实人见之或被贻误，近来思想渐就统制，虑能自由读书者将更少矣，特于篇末写此两节，实属破例也。

中华民国二十五年十一月一日，著者自记于北平知堂。

【锺校】

①此处原衍“好”字，已删。

关于雷公

在市上买到乡人孙德祖的著作十种，普通称之曰《寄龛全集》，其实都是光绪年间随刻随印，并没有什么总目和名称。三种是在湖州做教官时的文牍课艺，三种是诗文词，其他是笔记，即《寄龛甲志》至《丁志》各四卷，共十六卷，这是我所觉得最有兴趣的一部分。寄龛的文章颇多“规模史汉及六朝骈俪之作”，我也本不大了解，但薛福成给他作序，可惜他不能默究桐城诸老的义法，不然就将写得更好，也是很好玩的一件事。不过我比诗文更看重笔记，因为这里边可看的东西稍多，而且我所搜的同乡著作中笔记这一类实在也很少。清朝的我只有俞蛟的《梦厂杂著》，汪鼎的《雨韭庵笔记》，汪瑔的《松烟小录》与《旅谭》，施山的《姜露庵笔记》等，这寄龛甲乙丙丁志要算分量顶多的了。但是，我读笔记之后总是不满意，这回也不能是例外。我最怕读逆妇变猪或雷击不孝子的记事，这并不因为我是赞许忤逆，我感觉这种文章恶劣无聊，意思更是卑陋，无足取耳。冥报之说大抵如他们所说以补王法之不及，政治腐败，福淫祸善，乃以生前死后弥缝之，此其一；而文人心地褊窄，见不惬意者即欲正两观之诛，或为法所不问，亦其力所不及，则以阴谴处之，聊以快意，此又其二。所求于读书人者，直谅多闻，乃能立说著书，启示后人，今若此岂能望其为我们的益友乎。我读前人笔记，见多记这种事，不大喜欢，就只能拿来当作文章的资料，多有不敬的地方，实亦是不得已也。

寄龛甲乙丙丁志中讲阴谴的地方颇多，与普通笔记无大区别，其最特别的是关于雷的纪事及说明。如《甲志》卷二有二则云：

> 庚午六月雷击岑墟鲁氏妇毙，何家溇何氏女也，性柔顺，舅姑极怜之，时方孕，与小姑坐厨下，小姑觉是屋热不可耐，趋他室取凉，才逾户限，霹雳下而妇殛矣。皆曰，宿业也。或疑其所孕有异。既而知其幼丧母，其叔母抚之至长，已而叔父母相继殁，遗子女各一，是尝赞其父收叔田产而虐其子女至死者也。皆曰，是宜殛。

×

顺天李小亭言，城子峪某甲事后母以孝闻，

亦好行善事，中年家益裕，有子矣，忽为雷殛。皆以为雷误击。一邻叟慨然曰，雷岂有误哉，此事舍余无知之者，今不须复秘矣。

据叟所述则某甲少时曾以计推后母所生的幼弟入井中，故雷殛之于三十年后，又申明其理由云：“所以至今日而后殛之者，或其祖若父不应绝嗣，俟其有子欤，雷岂有误哉。于是众疑始释，同声称天道不爽。”又《乙志》卷二有类似的话，虽然不是雷打：

潜说友《咸淳临安志》云，钱塘潮八月十八日临安民俗大半出观。绍兴十年秋，……潮至汹涌异常，桥坏压溺死数百人，既而死者家来号泣收敛，道路指言其人尽平日不逞辈也。同治中甬江浮桥亦覯此变。桥以铁索连巨舶为之，维系巩固，往来者日千万人，视犹庄逵焉。其年四月望郡人赛五都神会，赴江东当过桥，行人及止桥上观者不啻千馀，桥忽中断，巨舶或漂失或倾覆，死者强半。……徐柳泉师为余言，是为夷粤燹后一小劫，幸免刀兵而卒罹此厄，虽未遍识其人，然所知中称自好者固未有与焉。印之潜氏所记，可知天道不爽。

又《丙志》卷二记钱西箴述广州风灾火灾，其第二则有云：

> 学使署有韩文公祠，在仪门之外，大门之内，岁以六月演剧祠中。道光中剧场灾，死者数千人。得脱者仅三人，其一为优伶，方戴面具跳魁罡，从面具眼孔中窥见满场坐客皆有铁索连锁其足，知必有大变，因托疾而出。一为妓女，正坐对起火处，遥见板隙火花荧然，思避之而坐在最上层，纡回而下恐不及，近坐有捷径隔阑干不可越，适有卖瓜子者在阑外，急呼之，告以腹痛欲绝，倩负之归，谢不能，则卸一金腕阑畀之曰，以买余命，隔阑飞上其肩，促其疾奔而出，卖瓜子者亦因之得脱。

孙君又论之曰：

> 三人之得脱乃倡优居其二，以优人所见铁索连锁，知冥冥中必有主之者，岂数千人者皆有夙业故縶之使不得去欤。优既不在此数，遂使之窥见此异，而坐下火光亦独一不在此数之妓女见之，又适有不在此数之卖瓜子者引缘而同出于难，异哉。然之三人者必有可以不死之道在，有知之者云卖瓜子者事孀母孝，则馀二人虽贱其必有大善亦可类推而知。

我不惮烦地抄录这些话，是很有理由的，因为这可以算是代表的阴谴说也。这里所说不但是冥冥中必有主之者，而且天道不爽，雷或是火风都是决无误的，所以死者一定是该死，即使当初大家看他是好人，死后也总必发见什么隐恶，证明是宜殛，翻过来说，不死者也必有可以不死之道在，必有大善无疑。这种歪曲的论法全无是非之心，说得迂远一点，这于人心世道实在很有妨害，我很不喜欢低级的报应说的缘故一部分即在于此。王应奎的《柳南随笔》卷三有一则云：

> 人怀不良之心者俗谚辄曰黑心当被雷击，而蚕豆花开时闻雷则不实，亦以花心黑也。此固天地间不可解之理，然以物例人，乃知谚语非妄，人可不知所惧哉。

尤其说得离奇，这在民俗学上固不失为最为珍奇的一条资料，若是读书人著书立说，将以信今传后，而所言如此，岂不可长太息乎。

阴谴说——我们姑且以雷殛恶人当作代表，何以在笔记书中那么猖獗，这是极重要也极有趣的问题，虽然不容易解决。中国文人当然是儒家，不知什么时候几乎全然沙门教（不是佛教）化了，方士思想的侵入原也早有，但是现今这种情形我想还是近五百年的事，即如《阴骘文》《感应篇》的发达正在明朝，笔记里也是明清最利害的讲报应，以前总还要好一点。查《太平御览》卷十三雷与霹雳下，自《列女后传》

李叔卿事后有《异苑》等数条，说雷击恶人事，《太平广记》卷三九三以下三卷均说雷，其第一条亦是李叔卿事，题云《列女传》，故此类记事可知自晋已有，但似不如后代之多而详备。又《论衡》卷六《雷虚篇》云：

> 盛夏之时，雷电迅疾，击折树木，坏败屋室，时犯杀人。世俗以为击折树木坏败屋室者天取龙，其犯杀人也谓之阴过。饮食人以不洁净，天怒击而杀之，隆隆之声，天怒之音，若人之呴吁矣。世无愚智莫谓不然，推人道以论之，虚妄之言也。

又云：

> 图画之工，图雷之状累累如连鼓之形，又图一人若力士之容，谓之雷公，使之左手引连鼓，右手推椎若击之状。其意以为雷声隆隆者，连鼓相扣击之音也，其魄然若敝裂者，椎所击之声也，其杀人也引连鼓相椎并击之矣。世又信之，莫谓不然，如复原之，虚妄之象也。

由此可见人有阴过被雷击死之说在后汉时已很通行，不过所谓阴过到底是些什么就不大清楚了，难道只是以不洁食人这一项么。这里我们可以注意的是王仲任老先生他自己便压根儿都不相信，他说：

建武四年夏六月雷击杀会稽靳专日食（案此四字不可解，《太平御览》引作鄞县二字）羊五头皆死，夫羊何阴过而天杀之。

《御览》引桓谭《新论》有云：

天下有鹳鸟，郡国皆食之，三辅俗独不敢取之，取或雷霹雳起。原夫天不独左彼而右此，其杀取时适与雷遇耳。

意见亦相似。王桓二君去今且千九百年矣，而有此等卓识，我们岂能爱今人而薄古人哉。王仲任又不相信雷公的那形状，他说：

钟鼓无所悬着，雷公之足无所蹈履，安得而为雷？……雷公头不悬于天，足不蹈于地，安能为雷公？飞者皆有翼，物无翼而飞谓之仙人，画仙人之形为之作翼，如雷公与仙人同，宜复着翼。使雷公不飞，图雷家言其飞，非也；使实飞，不为着翼，又非也。

这条唯理论者的驳议似乎被采纳了，后来画雷公的多给他加上了两扇大肉翅，明谢在杭在《五杂组》卷一中云：

雷之形人常有见之者，大约似雌鸡，肉翅，其响乃两翅奋扑声也。

谢生在王后至少相隔一千五百年了，而确信雷公形如母鸡，令人想起《封神传》上所画的雷震子。《乡言解颐》五卷，瓮斋老人著，但知是宝坻县人姓李，有道光己酉序，卷一天部第九篇曰《雷》，文颇佳：

> 《易说卦》，震为雷为长子。乡人雷公爷之称或原于此乎。然雷公之名其来久矣。《素问》，黄帝坐明堂召雷公而问之曰，子知医道乎？对曰，诵而颇能解，解而未能别，别而未能明，明而未能彰焉。又药中有雷丸雷矢也。梨园中演剧，雷公状如力士，左手引连鼓，右手推椎若击之状。《国史补》，雷州春夏多雷，雷公秋冬则伏地中，人取而食之，其状类彘。其曰雷闻百里，则本乎震惊百里也。曰雷击三世，见诸说部者甚多。《左传》曰，震电冯怒，又曰，畏之如雷霆。故发怒申饬人者曰雷，受之者遂曰被他雷了一顿。晋顾恺之凭重桓温，温死，人问哭状，曰，声如震雷破山，泪如倾河注海。故见小孩子号哭无泪者曰干打雷不下雨。曰打头雷，仲春之月雷乃发声也。曰收雷了，仲秋之月雷始收声也。宴会中有雷令，手中握钱，第一猜着者曰劈雷，自己落实者曰闷雷。至于乡人闻小考之信则曰，又要雷同了，不知作何解。

我所见中国书中讲雷的，要算这篇小文最是有风趣了。

这里我连带地想起的是日本的关于雷公的事情。民间有一句俗语云，地震打雷火灾老人家。意思是说顶可怕的四样东西，可见他们也是很怕雷的，可是不知怎的对于雷公毫不尊敬，正如并不崇祀火神一样。我查日本的类书就没有看见雷击不孝子这类的纪事，虽然史上不乏有人被雷震死，都只当作一种天灾，有如现时的触电，不去附会上道德的意义。在文学美术上雷公却时时出现，可是不大庄严，或者反多有喜剧色彩。十四世纪的“狂言”里便有一篇《雷公》，说他从天上失足跌下来，闪坏了腰，动弹不得，请一位过路的庸医打了几针，大惊小怪的叫痛不迭，总算医好了，才能飞回天上去。民间画的“大津绘”里也有雷公的画，圆眼獠牙，顶有双角，腰裹虎皮，正是鬼（oni，恶鬼，非鬼魂）一般的模样，伏身云上，放下一条长绳来，挂着铁锚似的钩，去捞那浮在海水上的一个雷鼓。有名的滑稽小说《东海道中膝栗毛》（膝栗毛意即徒步旅行）后编下记老年朝山进香人的自述，雷公跌坏了在他家里养病，就做了他的女婿，后来一去不返，有雷公朋友来说，又跌到海里去被鲸鱼整个地吞下去了。我们推想这大约是一位假雷公，但由此可知民间讲雷公的笑话本来很多，而做女婿乃是其中最好玩的资料之一，据说还有这种春画，实在可以说是大不敬了。这样的洒脱之趣我最喜欢，因为这里有活力与生意。可惜中国缺少这种精神，只有《太平广记》载狄仁杰事（《五杂组》亦转录），雷公为树所夹，但是救了他有好处，也就成为报应故事了。日本国民更多宗教情绪，而对于雷公多所狎侮，实在却更有亲近之感。中国人重实际的功利，宗教心很淡薄，本来也是一种特点，可是关于水火风雷都充满那些恐怖，所有纪载与说明又都那么惨酷刻薄，正是一种病态心理，即可见精神之不健全。哈理孙女士论希腊神话有云：

> 这是希腊的美术家与诗人的职务，来洗除宗教中的恐怖分子。这是我们对于希腊神话作者的最大的负债。

日本庶几有希腊的流风馀韵，中国文人则专务创造出野蛮的新的战栗来，使人心愈益麻木痿缩，岂不哀哉。

廿五年五月。

谈鬼论

三年前我偶然写了两首打油诗，有一联云，街头终日听谈鬼，窗下通年学画蛇。有些老实的朋友见之哗然，以为此刻现在不去奉令喝道，却来谈鬼的故事，岂非没落之尤乎。这话说的似乎也有几分道理，可是也不能算对。盖诗原非招供，而敝诗又是打油诗也，滑稽之言，不能用了单纯的头脑去求解释。所谓鬼者焉知不是鬼话，所谓蛇者或者乃是蛇足，都可以讲得过去，若一一如字直说，那么真是一天十二小时站在十字街头听《聊斋》，一年三百六十五日坐在南窗下临《十七帖》，这种解释难免为姚首源所评为痴叔矣。据《东坡事类》卷十三神鬼类引《癸辛杂识[①]》序云：

坡翁喜客谈，其不能者强之说鬼，或辞无有，则曰，姑妄言之。闻者绝倒。

说者以为东坡晚年厌闻时事，强人说鬼，以鬼自晦者也。东坡的这件故事很有意思，是否以鬼自晦，觉得也颇难说，但是我并无此意则是自己最为清楚的。虽然打油诗的话[2]未必即是东坡客之所说，虽然我亦未必如东坡之厌闻时事，但假如问是不是究竟喜欢听人说鬼呢，那么我答应说，是的。人家如要骂我应该从现在骂起，因为我是明白的说出了，以前关于打油诗的话乃是真的或假的看不懂诗句之故也。

话虽如此，其实我是与鬼不大有什么情分的。辽阳刘青园著《常谈》卷一中有一则云：

> 鬼神奇迹不止匹夫匹妇言之凿凿，士绅亦尝及之。惟余风尘斯世未能一见，殊不可解。或因才不足以为恶，故无鬼物侵陵，德不足以为善，亦无神灵呵护。平庸坦率，无所短长，眼界固宜如此。

金溪李登斋著《常谈丛录》卷六有“性不见鬼”一则云：

> 予生平未尝见鬼形，亦未尝闻鬼声，殆气禀不近于阴耶。记少时偕族人某宿鹅塘杨甥家祠堂内，两室相对，晨起某蹙然曰，昨夜鬼叫呜呜不已，声长而亮，甚可畏。予谓是夜行者戏作呼啸耳，某曰，略不似人声，乌有寒夜更深奔走正苦而欢娱如是者，必鬼也。予终不信。越数日予甥

杨集益秀才夫妇皆以暴病相继殁，是某所闻者果为世所传勾摄之走无常耶。然予与同堂隔室宿，殊不闻也。郡城内广寿寺前左有大宅，李玉渔庶子传熊故居也，相传其中多鬼，予尝馆寓于此，绝无所闻见。一日李拔生太学偕客来同宿东房，晨起言夜闻鬼叫如鸭，声在壁后呀呷不已，客亦谓中夜拔生以足蹴使醒，听之果有声，拥被起坐，静察之，非虫非鸟，确是鬼鸣。然予亦与之同堂隔室宿，竟寂然不闻，询诸生徒六七人，悉无闻者，用是亦不深信。拔生因述往岁曾以讼事寓此者半年，每至交夜则后堂啼叫声，或如人行步声，器物门壁震响声，无夕不有，甚或若狂恣猖披几难言状。然予居此两载，迄无闻见，且连年夏中俱病甚，恒不安寐，宵深每强出卧堂中炕座上，视广庭月色将尽升檐际，乃复归室，其时旁无一人，亦竟毫无影响。诸小说家所称鬼物虽同地同时而闻见各异者甚多，岂不有所以异者耶。若予之强顽，或鬼亦不欲与相接于耳目耶。不近阴之说尚未必其的然也。

李书有道光二十八年序，刘书记有道光十八年事，盖时代相同，书名又均称常谈，其不见鬼的性格也相似，可谓巧合。予生也晚，晚于刘李二君总将一百年吧，而秉性愚拙，不能活见鬼，因得附骥尾而成鼎足，殊为光荣之至。小时候读《聊斋》等志异书，特别是《夜谈随录》的影响最大，后来脑子里永远留下了一块恐怖的黑影，但是我是相信神灭论的，也没有领教过鬼的尊容或其玉音，所以鬼之于我可以说是完全无缘的了。——听说十王殿上有一块匾，文曰："你也来了！"这个我想是对那怙恶不悛的人说的。纪晓岚著《滦阳消夏录》卷四有一条云：

> 边随园征君言，有入冥者，见一老儒立庑下，意甚惶遽。一冥吏似是其故人，揖与寒温毕，拱手对之笑曰，先生平日持无鬼论，不知先生今日果是何物。诸鬼皆粲然，老儒猬缩而已。

《阅微草堂笔记》多设词嘲笑老儒或道学家，颇多快意，此亦其一例，唯因不喜程朱而并恶无鬼论原是讲不通，于不佞自更无关系，盖不佞非老儒之比，即是死后也总不会变鬼者也。

这样说来，我之与鬼没有什么情分是很显然的了，那么大可干脆分手了事。不过情分虽然没有，兴趣却是有的，所以不信鬼而仍无妨喜说鬼，我觉得这不是不合理的事。我对于鬼的故事有两种立场不同的爱好。一是文艺的，一是历史的。关于第一点，我所要求的是一篇好故事，意思并不要十分新奇，结构也无须怎么复杂，可是文章要写得好，简洁而有力。其内容本来并不以鬼为限，自宇宙以至苍蝇都可以，而鬼自然也就是其中之一。其体裁是，我觉得志怪比传奇为佳，举个例来说，与其取《聊斋志异》的长篇还不如《阅微草堂笔记》的小文，只可惜这里也绝少可以中选的文章，因为里边如有了世道人心的用意，在我便当作是值得红勒帛的一个大瑕疵了。四十年前读段柯古的《酉阳杂俎》，心甚喜之，至今不变，段君诚不愧为三十六之一，所写散文多可读。《诺皋记》卷中有一则云：

> 临川郡南城县令戴誓初买宅于馆娃坊，暇日与弟闲坐厅中，忽听妇人聚笑声或近或远，誓颇异之。笑声渐近，忽见妇人数十散在厅前，倏忽不见，如是累日，誓不知所为。厅阶前枯梨树大合抱，意其为祥，因伐之。根下有石露如块，掘之转阔，势如鳌形，乃火上沃醯，凿深五六尺不透。忽见妇人绕坑抵掌大笑，有顷共牵誓入坑，投于石上。一家惊惧之际，妇人复还大笑，誓亦随出。誓才出，又失其弟，家人恸哭，誓独不哭曰，他亦甚快活，何用哭也。誓至死不肯言其情状。

此外如举人孟不疑，独孤叔牙，虞侯景乙，宣平坊卖油人各条，亦均有意趣。盖古人志怪即以此为目的，后人即以此为手段，优劣之分即见于此，虽文词美富，叙述曲折，勉为时世小说面目，亦无益也。其实宗旨信仰在古人似亦无碍于事，如佛经中不乏可喜的故事短文，近读梁宝唱和尚所编《经律异相》五十卷，常作是想，后之作者气度浅陋，便难追及，只缘面目可憎，以致语言亦复无味，不然单以文字论则此辈士大夫岂不绰绰然有馀裕哉。

第二所谓历史的，再明了的说即是民俗学上的兴味。关于这一点我曾经说及几次，如在《河水鬼》《鬼的生长》《说鬼》诸文中，都讲过一点儿。《鬼的生长》中云：

> 我不信鬼，而喜欢知道鬼的事情，此是一大矛盾也。虽然，我不信人死为鬼，却相信鬼后有人，我不懂什么是二气之良能，但鬼为生人喜惧愿望之投影则当不谬也。陶公千古旷达人，其《归园田居》云，人生似幻化，终当归空无。《神释》云，应尽便须尽，无复更多虑。在《拟挽歌辞》中则云，欲语口无音，欲视眼无光，昔在高堂寝，今宿荒草乡。陶公于生死岂尚有迷恋，其如此说于文词上固亦大有情致，但以生前的感觉推想死后况味，正亦人情之常，出于自然

者也。常人更执着于生存，对于自己及所亲之翳然而灭，不能信亦不愿信其灭也，故种种设想，以为必继续存在，其存在之状况则因人民地方以至各自的好恶而稍稍殊异，无所作为而自然流露，我们听人说鬼实即等于听其谈心矣。

（廿三年四月）

这是因读《望杏楼志痛编补》而写的，故就所亲立论，原始的鬼的思想之起原当然不全如此，盖由于恐怖者多而情意为少也。又在《说鬼》（廿四年十一月）中云：

我们喜欢知道鬼的情状与生活，从文献从风俗上各方面去搜求，为的可以了解一点平常不易知道的人情，换句话说就是为了鬼里边的人。反过来说，则人间的鬼怪伎俩也值得注意，为的可以认识人里边的鬼吧。我的打油诗云，街头终日听谈鬼，大为志士所诃，我却总是不管，觉得那鬼是怪有趣的物事，舍不得不谈，不过诗中所谈的是哪一种，现在且不必说。至于上边所讲的显然是老牌的鬼，其研究属于民俗学的范围，不是讲玩笑的事，我想假如有人决心去作“死后的生活”的研究，实是学术界上破天荒的工作，很值得称赞的。英国茀来则博士（J. G. Frazer）有一部大书专述各民族对于死者之恐怖，现在如只以中国为限，却将鬼的生活详细地写出，虽然是极浩繁困难的工作，值得当博士学位的论文，但亦极有趣味与实益，盖此等处反可以见中国民族的真心实意，比空口叫喊固有道德如何的好还要可凭信也。

照这样去看，那么凡一切关于鬼的无不是好资料，即上边被骂为面目可憎语言无味的那些亦都在内，别无好处可取，而说者的心思毕露，所谓如见其肺肝然也。此事当然需要专门的整理，我们外行人随喜涉猎，略就小事项少材料加以参证，稍见异同，亦是有意思的事。如眼能见鬼者所说，俞少轩的《高辛砚斋杂著》第五则云：

黄铁如者名楷，能文，善视鬼，并知鬼事。据云，每至人家，见其鬼香灰色则平安无事，如有将落之家，则鬼多淡黄色。又云，鬼长不过二尺馀，如鬼能修善则日长，可与人等，或为淫厉，渐短渐灭，至有仅存二眼旋转地上者。亦奇矣。

王小谷的《重论文斋笔录》卷二中有数则云：

曾记族朴存兄淳言（兄眼能见鬼，凡黑夜往来俱不用灯），凡鬼皆依附墙壁而行，不能破空，疫鬼亦然，每遇墙壁必如蚓却行而后能入。常鬼如一团黑气，不辨面目，其有面目而能破空者则是厉鬼，须急避之。

×

兄又言，鬼最畏风，遇风则牢握草木蹲伏不敢动。

×

兄又云，《左传》言故鬼小新鬼大，其说确不可易，至溺死之鬼则新小而故大，其鬼亦能登岸，逼视之如烟云消灭者，此新鬼也。故鬼形如槁木，见人则跃入水中，水有声而不散，故无圆晕。

纪晓岚的《滦阳消夏录》卷二云：

扬州罗两峰目能视鬼，曰凡有人处皆有鬼。其横亡厉鬼多年沉滞者率在幽房空宅中，是不可近，近则为害。其憧憧往来之鬼，午前阳盛多在墙阴，午后阴盛则四散游行，可穿壁而过，不由门户，遇人则避路，畏阳气也，是随处有之，不为害。又曰，鬼所聚集恒在人烟密簇处，僻地旷野所见殊希。喜围绕厨灶，似欲近食气，又喜入溷厕，则莫明其故，或取人迹罕到耶。

罗两峰是袁子才的门人，想随园著作中必有说及其能见鬼事，今不及翻检，但就上文所引也可见一斑了。其所说有异同处最是好玩，盖说者大抵是读书人，所依据的与其说是所见无宁是其所信，这就是一种理，因为鬼总是阴气，所以甲派如王朴存说鬼每遇墙壁必如蚓却行而后能入，盖以其为阴，而乙派如罗两峰则云鬼可穿壁而过，殆以其为气也。其相同之点转觉无甚意思，殆因说理一致，或出于因袭，亦未可知。如纪晓岚的《如是我闻》卷三记柯禺峰遇鬼事，有云：

> 睡至夜半，闻东室有声如鸭鸣，怪而谛视。时明月满窗，见黑烟一道从东室门隙出，着地而行，长丈馀，蜿蜒如巨蟒，其首乃一女子，鬟鬓俨然，昂首仰视，盘旋地上，作鸭鸣不止。

又《槐西杂志》卷四记一奴子妇为狐所媚，每来必换一形，岁馀无一重复者，末云：

> 其尤怪者，妇小姑偶入其室，突遇狐出，一跃即逝。小姑所见是方巾道袍人，白须鬖鬖，妇所见则黯黑垢腻一卖煤人耳。同时异状，更不可思议。

此两节与《常谈丛录》所说李拔生夜闻鬼叫如鸭，又鬼物同时同地而闻见各异语均相合，则恐是雷同，当是说鬼的传统之一点滴，但在研究者却殊有价值耳。罗两峰所画《鬼趣图》很有名，近年有正书局有复印本，得以一见，乃所见不逮所闻远甚。图才八幅，而名人题咏有八十通，可谓巨观，其实图也不过是普通的文人画罢了，较《玉历钞传》稍少匠气，其鬼味与谐趣盖犹不及吾乡的大戏与目连戏，倘说此是目击者的描写，则鬼世界之繁华不及人间多多矣。——这回《论语》社发刊鬼的故事专号，不远千里征文及于不佞，重违尊命，勉写小文，略述谈鬼的浅见，重读一过，缺乏鬼味谐趣，比罗君尤甚，既无补于鬼学，亦不足以充鬼话，而犹妄评昔贤，岂不将为九泉之下所抵掌大笑耶。

廿五年六月十一日，于北平之智堂。

【锺校】

①“识”原文及《东坡事类》均作“志”。

②原无“话”字，今增。

家之上下四旁

《论语》这一次所出的课题是“家”，我也是考生之一，见了不禁着急，不怨自己的肚子空虚得很，只恨考官促狭，出这样难题目来难人。的确这比前回的“鬼”要难做得多了，因为鬼是与我们没有关系的，虽然普通总说人死为鬼，我却不相信自己会得变鬼，将来有朝一日即使死了也总不想到鬼门关里去，所以随意谈论谈论也还无妨。若是家，那是人人都有的，除非是不打诳话的出家人，这种人现在大约也是绝无仅有了，现代的和尚热心于国大选举，比我们还要积极，如我所认识的绍兴阿毛师父自述，他们的家也比我们为多，即有父家妻家与寺家三者是也。总而言之，无论在家出家，总离不开家，那么家之与我们可以说是关系深极了，因为关系如此之深，所以要谈就大不容易。赋得家是个难题，我在这里就无妨坚决地把他宣布了。

话虽如此，既然接了这个题目，总不能交白卷了事，无论如何须得做他一做才行。忽然记起张宗子的一篇《岱志》来，第一节中有云：

故余之志岱，非志岱也。木华作《海赋》，曰，胡不于海之上下四旁言之。余不能言岱，亦言岱之上下四旁已耳。

但是抄了之后，又想道，且住，家之上下四旁有可说的么？我一时也回答不来。忽然又拿起刚从地摊买来的一本《醒闺编》来看，这是二十篇训女的韵文，每行分三三七共三句十三字，题曰西园廖免骄编。首篇第三页上有这几行云：

犯小事，由你说，倘犯忤逆推不脱。
有碑文，你未见，湖北有个汉川县。
邓汉真，是秀才，配妻黄氏恶如豺。
打婆婆，报了官，事出乾隆五十三。
将夫妇，问剐罪，拖累左邻与右舍。
那邻里，最惨伤，先打后充黑龙江。
那族长，伯叔兄，有问绞来有问充。
后家娘，留省城，当面刺字充四门。
那学官，革了职，流徙三千杖六十。
坐的土，掘三尺，永不准人再筑室。
将夫妇，解回城，凌迟碎剐晓谕人。

命总督，刻碑文，后有不孝照样行。

我再翻看前后，果然在卷首看见“遵录湖北碑文”，文云：

乾隆五十三年正月奉　上谕：朕以孝治天下，海澨山陬无不一道同风。据湖北总督疏称汉川县生员邓汉祯之妻黄氏以辱母殴姑一案，朕思不孝之罪别无可加，唯有剥皮示众。左右邻舍隐匿不报，律杖八十，乌龙江充军。族长伯叔兄等不教训子侄，亦议绞罪。教官并不训诲，杖六十，流徙三千里。知县知府不知究治，罢职为民，子孙永不许入仕。黄氏之母当面刺字，留省四门充军。汉祯之家掘土三尺，永不许居住。汉祯之母仰湖北布政使司每月给米银二两，仍将汉祯夫妇发回汉川县对母剥皮示众。仰湖北总督严刻碑文，晓谕天下，后有不孝之徒，照汉祯夫妇治罪。

我看了这篇碑文，立刻发生好几个感想。第一是看见“朕以孝治天下”这一句，心想这不是家之上下四旁么，找到了可谈的材料了。第二是不知道这碑在那里，还存在么，可惜弄不到拓本来一看。第三是发生“一丁点儿”的怀疑。这碑文是真的么？我没有工夫去查官书，证实这汉川县的忤逆案，只就文字上说，就有许多破绽。十全老人的汉文的确有欠亨的地方，但这种谕旨既已写了五十多年，也总不至于还写得不合格式。我们难保皇帝不要剥人家的皮，在清初也确实有过，但乾隆时有这事么，有点将信将疑。看文章很有点像是老学究的手笔，虽然老学究不见得敢于假造上谕，——这种事情直到光绪末革命党才会做出来，而且文句也仍旧造得不妥贴。但是无论如何，或乾隆五十三年真有此事，或是出于士大夫的捏造，都是同样的有价值，总之足以证明社会上有此种意思，即不孝应剥皮是也。从前翻阅阮云台的《广陵诗事》，在卷九有谈逆妇变猪的一则云：

> 宝应成安若康保《皖游集》载，太平寺中一豕现妇人足，弓样宛然（案，此实乃妇人现豕足耳）。同游诧为异，余笑而解之曰，此必妒妇后身也，人彘之冤今得平反矣，因成一律，以《偶见》命题云。忆元幼时闻林庚泉云，曾见某处一妇不孝其姑遭雷击，身变为彘，唯头为人，后脚犹弓样焉，越年馀复为雷殛死。始意为不经之谈，今见安若此诗，觉天地之大事变之奇，真难于恒情度也。惜安若不向寺僧究其故而书之。

阮君本非俗物，于考据词章之学也有成就，今记录此等恶滥故事，未免可笑，我抄了下来，当作确实材料，用以证此种思想之普遍，无雅俗之分也。翻个转面就是劝孝，最重要的是大家都知道的《二十四孝图说》。这里边固然也有比较容易办的，如扇枕席之类，不过大抵都很难，例如喂蚊子，有些又难得有机会，一定要凑巧冬天生病，才可以去找寻鱼或笋，否则终是徒然。最成问题的是郭巨埋儿掘得黄金一釜，这件事古今有人怀疑。偶看尺牍，见朱荫培著《芸香阁尺一书》（道光年刊）卷二有《致顾仲懿》书云：

> 所论岳武穆何不直捣黄龙，再请违旨之罪，知非正论，姑作快论，得足下引春秋大义辨之，所谓天王明圣臣罪当诛，纯臣之心惟知有君也。前春原嵇丈评弟《郭巨埋儿辨》云，惟其愚之至，是以孝之至，事异论同，皆可补芸香一时妄论之失。

以我看来，顾嵇二公同是妄论，纯是道学家不讲情理的门面话，但在社会上却极有势力，所以这就不妨说是中国的舆论，其主张与“朕以孝治天下”盖全是一致。从这劝与戒两方面看来，孝为百行先的教条那是确实无疑的了。

现在的问题是，这在近代的家庭中如何实行？老实说，仿造的二十四孝早已不见得有，近来是资本主义的时代，神道不再管事，奇迹难得出现，没有纸票休想得到笋和鱼，世上一切都已平凡现实化了。太史公曰，伤哉贫也，生无以为养，死无以为葬也。这就明白的说明尽孝的难处。对于孝这个字想要说点闲话，实在很不容易。中国平常通称忠孝节义，四者之中只有义还可以商量，其他三德分属三纲，都是既得权利，不容妄言有所侵犯。昔者，施存统著《非孝》，而陈仲甫顶了缸，至今读经尊孔的朋友犹津津乐道，谓其曾发表万恶孝为首的格言，而林琴南孝廉又拉了孔北海的话来胡缠，其实《独秀文存》具在，中间原无此言也。我写到这里殊不能无戒心，但展侧一想，余行年五十有几矣，如依照中国早婚的习惯，已可以有曾孙矣，余不敏今仅以父亲的资格论孝，虽固不及曾祖之阔气，但资格则已有了矣。以余观之，现代的儿子对于我们殊可不必再尽孝，何也，盖生活艰难，儿子们第一要维持其生活于出学校之后，上有对于国家的义务，下有对于子女的责任，如要衣食饱暖，成为一个贤父良夫好公民，已大须努力，或已力有不及，若更欲彩衣弄雏，鼎烹进食，势非贻误公务亏空公款不可，一朝捉将官里去，岂非饮鸩止渴，为之老太爷老太太者亦有何快乐耶。鄙意父母养育子女实止是还自然之债，此意与英语中所有者不同，须引《笑林》疏通证明之。有人见友急忙奔走，问何事匆忙，答云，二十年前欠下一笔债，即日须偿。再问何债，曰，实是小女明日出嫁。此是笑话，却非戏语。男子生而愿为之有室，女子生而愿为之有家，即此意也。自然无言，生物的行为乃其代言也，人虽灵长亦自不能出此民法外耳。债务既了而情谊长存，此在生物亦有之，而于人为特显著，斯其所以为灵长也欤。我想五伦中以朋友之义为最高，母子男女的关系所以由本能而进于伦理者，岂不以此故乎。有富人父子不和，子甚倔强，父乃语之曰，他事即不论，尔我共处二十馀年，亦是老朋友了，何必再闹意气。此事虽然滑稽，此语却很有意思。我便希望儿子们对于父母以最老的老朋友相处耳，不必再长跪请老太太加餐或受训诫，但相见怡怡，不至于疾言厉色，便已大佳。这本不是石破天惊的什么新发明，世上有些国土也就是这样做着，不过中国不承认，因为他是喜唱高调的。凡唱高调的亦并不能行低调，那是一定的道理。吾乡民间有目连戏，本是宗教剧而富于滑稽的插话，遂成为真正的老百姓的喜剧，其中有《张蛮打爹》一段，蛮爹对众说白有云：

现在真不成世界了，从前我打爹的时候爹逃就算了，现在我逃了他还要追着打哩。

这就是[1]老百姓的“犯话”，所谓犯话者盖即经验之谈，从事实中“犯”出来的格言，其精锐而讨人嫌处不下于李耳与伊索，因为他往往不留情面的把政教道德的西洋镜戳穿也。在士大夫家中，案头放着《二十四孝》和《太上感应篇》，父亲乃由暴君降级欲求为老朋友而不可得，此等事数见不鲜，亦不复讳，亦无可讳，恰似理论与事实原是二重真理可以并存也者。不佞非读经尊孔人却也闻之骇然，但亦不无所得，现代的父子关系以老朋友为极则，此项发明实即在那时候所得到者也。

上边所说的一番话，看似平常，实在我也是很替老年人打算的。父母少壮时能够自己照顾，而且他们那时还要照顾子女呢，所以不成什么问题。成问题的是在老年，这不但是衣食等事，重要的还是老年的孤独。儿子阔了有名了，往往在书桌上留下一部《百孝图说》，给老人家消遣，自己率领宠妾到洋场官场里为国民谋幸福去了。假如那老头子是个希有的明达人，那么这倒也还没有什么。如曹庭栋在《老老恒言》卷二中所说：

> 世情世态，阅历久看应烂熟，心衰面改，老更奚求。谚曰，求人不如求己。呼牛呼马，亦可由人，毋少介意。少介意便生忿，忿便伤肝，于人何损，徒损乎已耳。
>
> 少年热闹之场非其类则弗亲，苟不见幾知

退，取憎而已。至与二三老友相对闲谈，偶闻世事，不必论是非，不必较长短，慎尔出话，亦所以定心气。

又沈赤然著《寒夜丛谈》卷一有一则云：

膝前林立，可喜也，虽不能必其皆贤，必其皆寿也。金钱山积，可喜也，然营田宅劳我心，筹婚嫁劳我心，防盗贼水火又劳我心矣。黄发台背，可喜也，然心则健忘，耳则重听，举动则须扶持，有不为子孙厌之，奴婢欺之，外人侮之者乎。故曰，多男子则多惧，富则多事，寿则多辱。

如能像二君的达观，那么一切事都好办，可惜千百人中不能得一，所以这就成为问题。社会上既然尚无国立养老院，本各尽所能各取所需的原则，对于已替社会做过相当工作的老年加以收养，衣食住药以至娱乐都充分供给，则自不能不托付于老朋友矣，——这里不说子孙而必戏称老朋友者，非戏也，以言子孙似专重义务，朋友则重在情感，而养老又以销除其老年的孤独为要，唯用老朋友法可以做到，即古之养志也。虽然，不佞不续编《二十四孝》，而实际上这老朋友的孝亦大不容易，恐怕终亦不免为一种理想，不违反人情物理，不压迫青年，亦不委屈老年，颇合于中庸之道，比皇帝与道学家的意见要好得多了，而实现之难或与二十四孝不相上下，亦未可知。何也？盖中国家族关系唯以名分，以利害，而不以情义相维系也，亦已久矣。闻昔有龚橙自号半伦，以其只有一妾也，中国家庭之情形何如固然一言难尽，但其不为龚君所笑者殆几希矣。家之上下四旁如只有半伦，欲求朋友于父子之间又岂可得乎②。

［附记］关于汉川县一案，我觉得乾隆皇帝（假如是他）处分得最妙的是那邓老太太。当着她老人家的面把儿子媳妇都剥了皮，剩下她一个孤老，虽是每月领到了藩台衙门的二两银子，也没有家可住，因为这掘成一个茅厕坑了，走上街去，难免遇见黄宅亲家母面上刺着两行金印，在那里看守城门，彼此都很难为情。教官族长都因为不能训诲问了重罪，那么邓老太太似乎也是同一罪名，或者那样处分也就是这意思吧。甚矣皇帝与道学家之不测也，吾辈以常情推测，殊不能知其万一也。

廿五年十月十八日记。

【锺校】

①原无“是”字，今增。

②“乎”原作“了”。

《刘香女》

离开故乡以后，有十八年不曾回去，一切想必已经大有改变了吧。据说石板路都改了马路，店门往后退缩，因为后门临河，只有缩而无可退，所以有些店面很扁而浅，柜台之后刚容得下一个伙计站立。这倒是很好玩的一种风景，独自想像觉得有点滑稽，或者檐前也多装着蹩脚的广播收音机，吱吱喳喳地发出非人间的怪声吧。不过城郭虽非，人民犹是，莫说一二十年，就是再加上十倍，恐怕也难变化那里的种种琐屑的悲剧与喜剧。木下杢太郎诗集《食后之歌》里有一篇《石竹花》，民国十年曾译了出来，收在《陀螺》里，其词云：

走到薄暮的海边，
唱着二上节的时候，
龙钟的盲人跟着说道，
古时人们也这样的唱也！

那么古时也同今日没有变化的
人心的苦辛，怀慕与悲哀。
海边的石墙上，
淡红的石竹花开着了。

近日承友人的好意，寄给我几张《绍兴新闻》看。打开六月十二日的一张来看时，不禁小小的吃一惊，因为上面记着一个少女投井的悲剧。大意云：

城东镇鱼化桥直街陈东海女陈莲香，现年十八岁，以前曾在城南狮子林之南门小学读书，天资聪颖，勤学不倦，唯不久辍学家居，闲处无俚，辄以小说如《三国志》等作为消遣，而尤以《刘香女》一书更百看不倦，其思想因亦为转移。民国二十年间由家长作主许字于严某，素在上海为外国铜匠，莲香对此婚事原表示不满，唯以屈于严命，亦无可如何耳，然因此态度益趋消极，在家常时茹素唪经，已四载于兹。最近闻男家定于阴历十月间迎娶，更觉抑郁，乃于十一日上午潜行写就遗书一通，即赴后园，移开井栏，跃入井中自杀。当赴水前即将其所穿之黑色哔叽鞋脱下，搁于井旁之树枝上，遗书则置于鞋内。书中有云，不愿嫁夫，得能清祸了事，则反对婚姻似为其自杀之主因，遗书中又有今生不能报父母辛劳，只得来生犬马图报之语，至于该遗书原文已由其外祖父任文海携赴东关，坚不愿发表全文云。

这种社会新闻恐怕是很普通的，为什么我看了吃惊的呢？我说小小的，乃是客气的说法，实在却并不小。因为我记起四十年前的旧事来，在故乡邻家里就见过这样的少女，拒绝结婚，茹素诵经，抑郁早卒，而其所信受爱读的也即是《刘香宝卷》。小时候听宣卷，多在这屠家门外，她的老母是发起的会首。此外也见过些灰色的女人，其悲剧的显晦大小虽不一样，但是一样的暗淡阴沉，都抱着一种小乘的佛教人生观，以宝卷为经史，以尼庵为归宿。此种灰色的印象留得很深，虽然为时光所掩盖，不大显现出来了，这回忽然又复遇见，数十年时间恍如一瞬，不禁愕然，有别一意义的今昔之感。此数十年中有甲午戊戌庚子辛亥诸大事，民国以来花样更多，少信的人虽不敢附和谓天国近了，大时代即在明日，也总觉得多少有些改变，聊可慰安，本亦人情，而此区区一小事乃即揭穿此类乐观之虚空者也。

北平未闻有宣卷，宝卷亦遂不易得。凑巧在相识的一家旧书店里见有几种宝卷，《刘香女》亦在其中，便急忙去拿了来，价颇不廉，盖以希为贵欤。书凡两卷，末页云，同治九年十一月吉日晓庵氏等敬刊，板存上海城隍庙内翼化堂善书局，首页刻蟠龙位牌，上书“皇图巩固，帝道遐昌，佛日增辉，法轮常转”四句，与普通佛书相似。全部百二十五页，每半页九行十八字，共计三万馀言，疏行大字，便于诵读，唯流通甚多，故稍后印便有漫漶处，书本亦不阔大，与幼时所见不同，书面题辛亥十月，可以知购置年月。完全的书名为《太华山紫金镇两世修行刘香宝卷》，叙湘州李百倍之女不肯出嫁，在家修行，名唤善果，转生为刘香，持斋念佛，劝化世人，与其父母刘光夫妇，夫状元马玉，二夫人金枝，婢玉梅均寿终后到西方极乐世界，得生上品。文体有说有唱，唱的以七字句为多，间有三三四句，如俗所云攒十字者，体裁大抵与普通弹词相同，性质则盖出于说经，所说修行侧重下列诸事，即敬重佛法僧三宝，装佛贴金，修桥补路，斋僧布施，周济贫穷，戒杀放生，持斋把素，看经念佛，而归结于净土信仰。这些本是低级的佛教思想，但正因此却能深入民间，特别是在一般中流以下的妇女，养成她们一种很可怜的“女人佛教人生观”。十五年前曾在一篇小论文里说过，中国对于女人轻视的话是以经验为本的，只要有反证这就容易改正，若佛教及基督教的意见，把女人看作秽恶，以宗教或迷信为本，那就更可怕了。《刘香女》一卷完全以女人为对象，最能说出她们在礼教以及宗教下的所受一切痛苦，而其解脱的方法则是出家修行，一条往下走的社会主义的路。卷上记刘香的老师真空尼在福田庵说法，开宗明义便立说云：

你道男女都一样，谁知贵贱有差分。

先说男子怎样名贵，随后再说女子的情形云：

女在娘胎十个月，背娘朝外不相亲。
娘若行走胎先动，娘胎落地尽嫌憎。
在娘肚里娘受狱，出娘肚外受嫌憎。
合家老小都不喜，嫌我女子累娘身。
爷娘无奈将身养，长大之时嫁与人。

嫁人的生活还都全是苦辛，很简括的说道：

公婆发怒忙陪笑，丈夫怒骂不回声。
剪碎绫罗成罪孽，淘箩落米罪非轻。
生男育女秽天地，血裙秽洗犯河神。
点脂搽粉招人眼，遭刑犯法为佳人。
若还堂上公婆好，周年半载见娘亲。
如若不中公婆意，娘家不得转回程。

这都直截的刺入心坎，又急下棒喝道：

任你千方并百计，女体原来服侍人。
这是前生罪孽重，今生又结孽冤深。

又说明道："男女之别，竟差五百劫之分，男为七宝金身，女为五漏之体。嫁了丈夫，一世被他拘管，百般苦乐，由他做主。既成夫妇，必有生育之苦，难免血水触犯三光之罪。"至于出路则只有这一条：

若是聪明智慧女，持斋念佛早修行。

女转男身多富贵，下世重修净土门。

我这里仔细的摘录，因为他能够很简要的说出那种人生观来，如我在卷上所题记，凄惨抑郁，听之令人不欢。本来女子在社会上地位的低尽人皆知，俗语有"做人莫做女人身，百年苦乐由他人"之语。汪悔翁为清末奇士，甚有识见，其二女出嫁皆不幸，死于长毛时，故对于妇女特有创见。《乙丙日记》卷三录其"生女之害"一条云：

人不忧生女，偏不受生女之害；我忧生女，即受生女之害。自己是求人的，自己是在人教下的。女是依靠人的，女是怕人的。

后又说明其害，有云：

平日婿家若凌虐女，己不敢校，以女究在其家度日也，添无限烦恼。婿家有言不敢校，女受翁姑大伯小叔妯娌小姑等气，己不敢校，遂为众人之下。

此只就"私情"言之，若再从"公义"讲，又别有害：

通筹大局，女多故生人多而生祸乱。

故其所举长治久安之策中有下列诸项：

弛溺女之禁，推广溺女之法，施送断胎冷药。家有两女者倍其赋。严再嫁之律。广清节堂。广女尼寺。立童贞女院。广僧道寺观，唯不塑像。三十而娶，二十五而嫁。妇人服冷药，生一子后服之。

又有云：

民间妇女有丁钱，则贫者不养女而溺女，富者始养女嫁女，而天下之贫者以力相尚者不才者皆不得取，而人少矣，天下之平可卜。

悔翁以人口多为祸乱之源，不愧为卓识，但其方法侧重于女人少，至主张广溺女之法，则过于偏激，盖有感于二女之事，对于女人的去路只指出两条最好的，即是死与出家，无意中乃与女人佛教人生观适合，正是极有意义的事。悔翁又絮絮于择婿之难，此不独为爱怜儿女，亦足以表其深知女人心事，因爱之切知之深而欲求彻底的解决，唯有此忍心害理的一二下策矣。《刘香女》卷以佛教为基调，与悔翁不同，但其对于妇女的同情则自深厚，惟爱莫能助，只能指引她们往下走去，其态度亦如溺女之父母，害之所以爱之耳。我们思前想后良久之后，但觉得有感慨，未可赞同，却也不能责难，我所不以为然者只是宝卷中女人秽恶之观念，此当排除，此外真觉得别无什么适当的话可说也。

往上走的路亦有之乎？英诗人卡本德云，妇女问题要与工人问题同时解决。若然则是中国所云民生主义耳。虽然，中国现时“民生”只作“在勤”解，且俟黄河之清再作计较，我这里只替翼化堂充当义务广告，劝人家买一部《刘香宝卷》与《乙丙日记》来看看，至于两性问题中亦可藏有危险思想，则不佞未敢触及也。

廿五年六月廿五日，于北平。

尾久事件

五月十九日以后这四五天的东京报纸都揭载一件奇怪的杀人案，每天几乎占去整页的纸面，仿佛大家的注意全集中在这里，连议院里的嚼舌头与国技馆的摔壳子的记事相形之下也有点黯然无色了。这件事本来很简单：男女二人住在旅馆流连几天之后，忽然发见男的被绞死，女的逃走了。可是奇怪的是，死者的男根全被割去，在左腿及垫布角上有血书大字云“只有定吉二人”。警察查出死者石田吉藏年四十二岁，是酒楼的主人，女的阿部阿定，三十二岁，是那里的女招待。过了两天，阿定也已捕获了。假如这只是怨恨或妒忌的谋杀，那么这件事也就可以完了。然而不然。警察在阿定身边搜出三封遗书，因为她本想到生驹山上去自杀的，这也不足为奇，但其中一封却是给死者吉藏的，其文曰：

我顶喜欢的你现在死了，成为我的所有了。

我也就去。

信封上写道："我的你。加代寄。"加代当然是她那时所用的名字，关于你字却要少少说明。日本语里有好几个你字，这一个读作"阿那太"的字除平常当作客气的对称以外还有一点别的意思，即是中流家庭用为妻称夫的代名词，像这里用法又颇近于名词了。警察问她为什么杀死石田，她所说的理由是如此：

我喜欢石田，喜欢得了不得。我不愿让别的女人用指头来碰他一下，我想将他绝对地成为我的所有物。所以把他杀了。

又据报说，石田睡时阿定常以细带套其颈，随时可绞，石田了不恐怕。十七日未明阿定戏语云："我喜欢你，索性杀了也罢？"石田答说："好吧，且杀了看。"阿定遂下手，石田渐苦闷，乃中止，至夜中又决心，终于绞死。其时石田似亦知觉，假如稍有嫌恶的表示，或出声呼唤，则阿定即认为无爱情，将不再杀害，但石田最后亦只频呼加代不止，毫不畏避，以至于死云。

这件事一看有点奇怪，但是仔细分析也只是一种情死，用新的名词是"死之胜利"。这里唯一的奇特是男根切取，可以说是属于变态心理的。报载日本警视厅卫生部技师金子准二博士的谈话云：

这完全是疼痛性淫乱症（Algolagnie）。有撒提士谟思（案或译他虐狂）与玛淑希士谟思（被虐狂），但大抵多是两者混合的，这可以算是变态性欲的集合吧。

专门家的话我们外行未便妄下雌黄，不过据我想恐怕还是弗帖息士谟思（庶物崇拜）的分子为多罢。看这事件的动机在于爱的独占，记得中国笔记（纪晓岚的?）中也有过类似的事，有新夫妇严妆对缢，正是所谓"心中死"也。佛牙，圣骨，平人遗发，以分代全的纪念物世中多有，男根稍为别致了，但生殖崇拜的"林甘"（Lingam）甚为普遍，遗迹是处可见，实在也不能说怎么太古怪，知骆驼自肿背则不必疑是怪马，而新闻上所谓"夜会髻之妖女"亦正未必如此耳。真君在东京留学，屡次来信叹息于中国报纸上社会新闻之恶劣，常举日本报章的盗贼小记事为例，更有风致与情意，以为不可及，此固是事实，但是这回他们也大显其江湖诀，滥用肉麻艰涩的文句，以咏叹此桃色惨案，大可与中国竞爽矣，以言其差亦止五十步与百步而已。二十五日《读卖新闻》载神近市子的一篇小文，说得最好，却非一般新闻记者所能知也，其文云：

在尾久旅舍的情夫杀害事件，因其手法的残

忍与奇怪的变态性，自发现以至逮捕的三日间，市民的兴趣差不多都被吸收到那边去了。

但是逮捕了以后，这杀人事件的变态性虽然还是一点都没有变化，可是其残忍乃是全然有不同的内容，这事却是明白了。盖其残忍并不是如以前所想像似的出于憎恶，实乃是爱着之极的结果，女的爱情归向于现代一种代表模型即堂骥（Don Juan）式的男子之结果，因了女的欲求与男的自由立场的相异而生之间隙，乃使得女的那种变态性更进于浓厚，遂致发生与常识几乎完全相反的，即因爱而杀的结果来了。

事件的内容既然明白，我想世间一般对于这女人大抵会原谅她吧。而且也会有人是这样看法，这是代表着对于猎奇求新不知厌足的男子之女性的危惧与不安，也即对于这事的女性的复仇吧。但是，这或者不如说是自然假手于这女人来复仇，更为正确亦未可知。

变态性这事其性质上的关系我们不大能够看到，但这在社会的底里流动着，使许多男女苦恼着，那正是事实。这虽是本能之病的表现，可是这也是事实，找寻刺激不知厌的有闲阶级的男性以及非以供给此项刺激求生存不可的女性，这两群的同时出现，更是异常的把变态性助长起来了。

这一个女人的出现，就是在这样歪曲了的性生活之很长的连续过程中各处发生的现象之一，看去好像是极特殊的偶然的事件，实在却是尽有发生的理由而起来的。

神近女士是日本的一个新思想家，最初我看见她所译南非须莱纳耳著的《妇女与劳动》，二十年前曾因恋爱关系刺大杉荣未死，下狱两年，那时所著的一本书也曾看过。前年我往东京，在藤森成吉家里见到她，思想言论都很好，这上边所说的也很平正，有几点更有意义，如第三四节均是。中国万事都显得麻木，但我还记得民国十九年五月的《新晨报》上S. C. Y. 女士的一篇文章，七日报上便有副刊编辑主任声明去职，接着登有报馆的征文启事，因为文章很妙，全抄于下：

本报主张男女平权，对于提高女子地位尊重女子人格之文向所欢迎。本月四日副刊妇女特刊登有《离婚与暗杀》一文，与本报素日宗旨不合，一时失慎，致淆观感，抱歉万分。兹拟征求反对离婚与暗杀的名作，借盖前愆，如妇女界有能将一部分偏激女子憎恶男子之心理公平写出，尤为跂盼。

后来征来的名作如何，因为不曾保留，说不清了，那篇偏激的文章仔细读过，虽是出于憎恶的方面，但这总也是表示女性的危惧与不安，正是事实。其次据报上所说，阿定从十五岁起与男子厮混，做过艺妓娼妓女招待，直到现在算来已有十七年之久了，“非以供给此项刺激求生活不可”，在这样歪曲了的性生活里，变态真是尽有发生的理由，不，或者不发生倒要算是例外吧。伊凡勃洛赫（Iwan Bloch）所著《现时的性生活》（一九二四年英文本）第二十一章是论淫虐狂（即Algolagnie，译语均未妥适）的，有这样的话：

> 由长久继续的性欲过度而起的感觉木钝乃需要凶残之更强烈的刺激。正如在荡子或娼妇，这感觉的木钝发生一种他虐的倾向。

不限于他虐，这也可以作别的变态之说明。尾久事件里的变态至少有一半要归于后天的那种性生活，即使有一半归于阿定的先天的气质。卖买淫的制度是人类以外的生物界中所没有的事情，在这里边我真不知道他究竟发见了他自己独有的幸福呢还是诅咒。从这里培养出来的结果，梅毒其一也，变态心理又其一也。我们不跟了弗洛伊特学舌，也知道性生活实在是人生之重要的一部分，这一歪曲了便一切都受影响。古人云，饮食男女，人之大欲存焉，这是有理解的一句名言，实亦即是常识。但是这个原是离之则双美，合之则双伤，各有其轨道的，奈何寄饮食于男女之中，以其所以养人者害人，这种办法真是非普通兽类所能想得出来的了。《水浒传》记白玉英卖唱的上场诗有云，人生衣食真难事，不及鸳鸯处处飞。正是古已有之，我所说的也是有所本，不过说得稍为诙诡罢了。

对于卖淫制度也有些人表示反对，特别是宗教方面的人，想设法禁止。不过他们多有点看错，往往以为这些女人本来可以在家纳福的，却自喜欢出来做这生意，而又不见得会有买主来的，所以只要一禁就止，就都回家去安分过日子去了。我们不要笑宗教家头脑冬烘，我们的官大抵也是如此，只要看种种禁娼的方法就可知道。真正懂得这道理的要算那些性学家，然而这又未免近于“危险思想”，细按下去恐怕不但是坏乱风俗而且还有点要妨害治安吧。在法西斯的国家所以要禁遏性学，柏林性学研究院之被毁正是当然的。幸亏中国不是法西斯的民主国，还不妨引用德国性学大师希耳息弗耳特博士（Dr. Magnus Hirschfeld）的话来做说明。他在一九三一年作东方之游，从美国经过夏威夷菲列滨日本中国爪哇印度埃及以至帕勒斯丁与叙利亚，作有游记百二十八节，题曰

《男与女》，副题曰“一性学家之世界旅行”。我所见的是一九三五年的英译本，第十二至二十九节都是讲中国的，十七节记述他在南京与卫生部长刘博士谈话，有关于卖淫的一段很有意思，抄录于下：

> 部长问，对于登记妓女，尊意如何？你或当知道，我们向无什么统制的方法。我答说，没有多大用处。卖淫制度非政府的统制所可打倒，我从经验上知道，你也只能停止它的一小部分，而且登记并不就能防止花柳病。从别方面说，你标示出一群人来，是[①]最不公平的侮辱她们，因为卖淫的女人大抵是不幸的境遇之牺牲，也是使用她们的男子或是如中国常有的为了几块银元卖了他们的父母之牺牲也。部长又问，还有什么别的方法可以遏止卖淫呢？我答说，什么事都不成功，若不是有更广远的，更深入于社会学的与性的方面之若干改革。

第十一节离开日本时有一篇临别赠言也很有意义，今只抄录其与上边的问题有关的一段于后：

> 第一，要跟着时代的轨道，教育你们的妇女成为独立的人格。她们现在大抵都还不是独立人，只是给男子的非常可爱的玩物。你不应该使将来还有这种日子，那时你们的女子可以当做活

货物出售，这样让她再去卖她自己的身子。假如我是一个性学家而不戳穿你们国家组织上的这个创口，那么我就是害了你们了。

无论他对中国说的那么冷淡，对日本说的那么热烈，他的意思还是一样。因为对于人性有深切的了解，所以其意见总是那么平和而激烈，为现今社会所不能容受。再想到神近女士的小文，议论明达，大家却未必多相信她，我真觉得这个世界有点像倒竖着似的。我也感觉在这事件里变态尽算是变态，阿定的确很有可以同情的地方，或者比那报道的新闻记者还不大可厌恶，——对于他们自然也找得到可以原谅之点，而这恰与阿定相同，就是他们是被不幸的职业与环境所害了。中国有过陶思瑾刘景桂各案，虽然供给报纸以很好的“桃色”材料，不知怎的没有引起我的注意，其理由尚待考，今不具论。

廿五年六月六日，于北平写。

【锺校】

①原无“是”字，今增。

鬼怒川事件

七月十四日东京《读卖新闻》载宇都宫电话，十三日有游客在鬼怒川温泉名所泷见茶屋发见遗书，查有男女二人投水自杀，新闻标题曰“因一夜的共枕忽成为鬼怒川的情死，共鸣于患难的娼女与汽车夫”。男的是清原某，开汽车为业，贫病无以为生。女人名小林富美子，年二十四岁，神奈川县厚木町人，去年六月以金七百圆抵押于深川洲崎的宫梅川下处为娼，改名云明美。据报上说：

她是很急进的妓女，曾经以赤化的嫌疑至于受过神奈川县警察部的审问。十三日她在乡间的父亲还写信给下处的主人，说富美子感染赤化，请赐监督云云，甚至父母方面也被白眼。她大约深感到人世的苦辛，偶有共过一夜的男子提出死的劝诱，便应其请。据说十一日傍晚对人说出去寄信，飘然的走掉了。

这段新闻很给我好些思索的机会，但是第一联想到的是中国的宰白鸭问题。陈其元的《庸闲斋笔记》卷三云：

> 福建漳泉二府顶凶之案极多，富户杀人，出多金给贫者代之抵死，虽有廉明之官率受其蔽，所谓宰白鸭也。先大夫在谳局尝讯一斗杀案，正凶年甫十六岁，——即所谓白鸭者也，乃驳回县更讯。未几县又顶详，仍照前议，再提犯问之，则断断不肯翻供矣。案定后发还县，先大夫遇诸门问曰，尔何故如是执之坚？则涕泗曰，极感公解网恩，然发回之后县官更加酷刑，求死不得，父母又来骂曰，卖尔之钱已用尽，尔乃翻供以害父母乎？出狱，必处尔死！我思进退皆死，无宁顺父母而死耳。先大夫亦为之泪下，遂辞谳局差。

我重复看了上文这两节，不禁大有感动。所感有二，一是东方的父母之尊严，一是为孝子孝女之不容易。俗语说“男盗女娼”，这是世间骂人算最凶恶的一句话了，岂意天下竟有这样的事，非如此不足以尽孝乎。普通人看《二十四孝图说》，已经觉得很难了，自己思量可以做到的大抵只有拿了蒲扇去扇枕席这一件吧，如上边所说，则其难又超出大舜之上，差不多是可以与哪吒三太子的割肉还母拆骨还父相比的一种难行苦行了。读钱沃臣著《乐妙山居集》，《蓬岛樵歌》续编七七注云：

> 市儿有以饧制人形者。《七修类稿》云，孔子曰，始作俑者其无后乎。今以糖成男女之形，人得而食之，不几于食人乎。《事物绀珠》，有仙人鸳鸯等样糖精。俗妇女好佛，设瑜伽焰口，施食荐亡，屑米为孩儿状供佛，名曰获喜，谓妇人食之宜男，谎人财物，又有作佛手样，即观音大士施手眼之诬。愚谓虎狼不忍食其子，子而食之，忍乎？食之而求其生，得乎？往往读书明理者亦为所惑，异哉。

我找到这节，原来是作“获手”（施食时用手掌状的面食）的资料的，现在引用了来，恰好又可以作慈孝不能两全的证明。子女卖了，本来这件事也可以告一段落了，然而一方面还生怕他翻供出来，有负富户的委托，一方面又因她感染赤化，要请下处主人监督，都能彻底的行使其权威，很可表示东方严峻的古风，虽然这太偏重宗法，在常情看来未免于人情物理均有未安处。“急进的妓女”，这一句话骤然听了觉得奇怪，可是转侧一想，这不但并不奇怪而且还是当然。试问天下还有谁该比妓女最先怨恨这现代社会制度的呢？《管子》说，仓廪实则知礼节，衣食足则知荣辱。但是衣食不足，不知荣辱，这种生活固然不好，却总还是动物的；若是卖淫（亦即是强奸之一种）则是违反自然的行为，乃是动物以下的了。弱肉强食还不失为健全的禽兽的世界，使人卖淫求食，如我从前诙谐的说，寄饮食于男女之中，那是禽兽所没有的，所以是禽兽不如。普通一般道学家推想娼妓的来源，以为一定是有一班好外的妇女，饱暖思淫欲，特来寄住下处寻点野食，都是山阴公主武后一流人，要想禁止她们只消一道命令，或令佩带桃花章以示辱，就会扫兴回家去的。这种想像若是实在，固然足令道学家摇头叹息，我却觉得这倒还好，因为至少这是她们自愿，而出于本能的需要的堕落也总还在自然的范围以内。可惜事实并不如此，我不知道统计，我想她们大抵都是合法的由其家族的有权者卖出来干这生意，她们大约也未必比较在闺阁里做小姐夫人的姊妹们特别不贞淑。这生活实在比做白鸭也差不许多，只好在留下一条蚁命，究竟蝼蚁尚且贪生，不来宰她也只索活下去，结果是或者习惯了，正如凡事都可以习惯，或者便怨恨，如不敢怨父母，那么自然就怨社会。于是这成了问题，做了孝女的不能再做忠良了，忠孝不能两全，害得老太爷在乡下跺脚着急，赶紧写信托乌龟监督他的女儿，不要走入邪路，——这种情形想起来真是好玩得很，竟不知道这是一幕喜剧还是悲剧也。

关于娼妓，我的意见是很旧的。卖淫我以为并不是女人所爱干的事，虽然不幸她们有此可能。昔康南海反对废止拜跪，说天生此膝何用，另外又有人说，人的颈子长得细长如壶卢，正好给人家来砍，觉得甚是冤枉，此二者亦是同样的不幸。我最佩服德国性学大师希耳自息[①]茀耳特在东方游记《男与女》里所说的话，关于中国卖淫问题的我曾经抄译过一段，在南京与卫生部长刘瑞恒博士的谈话：

> 部长问，对于登记妓女，尊意何如？你或当知道，我们向无什么统制的办法。我答说，这没有多大用处。卖淫制度非政府的统制所可打倒，我从经验上知道，你也只能停止他的一小部分，而且登记并不就能防止花柳病。从别方面说，你标示出一群人来，是最不公平的侮辱她们，因为卖淫的[②]女人大抵是不幸的境遇之牺牲，也是使用她们的男子或是如中国常有的为了几块银元卖了她们的父母之牺牲也。部长又问，还有什么别的方法可以遏止卖淫呢？我答说，什么事都不成功，若不是有更广远的，更深入于社会学的与性的方面之若干改革。

这些广远的改革是怎样的呢，他没有说，或者因为是近于危险思想的缘故呢，还是对了大官反正说也无用，所以不说的呢，均未可知。他对于女人的人身卖买这事大约很是痛心，临别对于日本的劝告，在厉行人口政策注意生育节制以免除侵略之外，也就只是希望停止这卖身恶习。游记第七节中云：

现在日本有女人卖买的生意么？国际间是没有了，如大家所信，但是在国内还是非常发达。经过重复证明之后我们才敢相信，父母往往只为了几百圆钱愿意把自己的半长成的女儿卖到妓院里去。虽然他们婉曲的称之曰租出，不过事实还是一样，为了若干的钱，依照女人的容色而定，他们便把女儿交出去，去干混杂的性关系的事。

此后这是女人的义务，去赚回她所值的这些钱来。在每次被性的使用了之后，从她给妓院老板赚来的金钱中间划出极小的一个分数，记在她的名下。这样总要花好几年的光阴才能抵清那笔欠款，若不是她找到一个人，他肯去与老板商妥，赎她出来。这是日本娼妓的唯一的梦，因为她们并不是喜欢干这生意，却只承受了当作一种子女的义务，为她们所不能也不想逃避的。

后面记有去访问娼妓艺妓的记事，有一段很有意思：

我在穴森的妓院得到一个很可纪念的经验，这地方是参拜的灵场，离横滨不远，有一座古庙供养稻荷神，狐狸是他的神使。正如普通在圣地的近旁一样，此地也有许多欢乐之家，那些参拜者很热心地去拜访，在他们放下了祭品说过了祈祷之后。

在这样的一家里，我的同伴——他说日本话同德文一样的流畅，介绍我于女郎们，说是从德国来日本的一位学者（关于德国她们在大战时是听过了很多的）。围了清白的火盆坐着的我们一行中，有一妓女请翻译问我，是否我能够从手掌上看出未来休咎。我答说，不会从手掌上，但会从脸上看。

她们于是用了种种问题围攻我了。她们还要多久留在这妓院里？她们将来可以嫁人么，那么什么时候？她们会有小孩么，那么几个？她们的生着病的母亲会好么？还有许多别的种种问题。我研究她们的脸，特别是嘴边的一圈，告诉她们一两句话，都显明地给予一种印感。女郎一个个的进来，隔壁妓院的女郎也来了，用人们被叫了来，女主人们也出现了，总而言之，一时有点走不出这地方的情形。使我特别感动的，是那小高森的羞惭愁苦的脸，她刚在前一日被她母亲送到这里来，在几小时前被破了童贞的。我告诉她，在几年之内会成为一个幸福的母亲，那时她苍白的小脸才明朗一点，像是一个圣母的脸。

无论在日本的《江户繁昌记》或是中国的《秦淮画舫录》里，都找不出这类文章，“西儒”终不可及也。

半生所读书中，性学书给我影响最大，蔼理斯，福勒耳，勃洛赫，鲍耶尔，凡佛耳台，希耳息茀耳特之流，皆我师也。他们所给的益处比圣经贤传为大，使我心眼开扩，懂得人情物理，虽然结局所感到的还是“怎么办”（Chto dielat?）这一句话，不抄《福音书》而重引契耳尼舍夫斯奇，可见此事之更难对付了。英诗人凯本德有言，妇女问题须与劳动问题同时解决，这话大约是不错的，但是想到卖淫与男权制度（Patriarchia）有关，那么无论有何改变，也还是行百里者半九十，女同志着实未可乐观耳。

廿五年七月廿五日，于北平。

【鄢校】

①“息”原作“须”，据上一篇译名统一，下同。

②原无“的”字，据上一篇相同引文加。

谈日本文化书

实秋先生：

前日在景山后面马路上遇见王君，转达尊意，叫我写点关于日本的文章。这个我很愿意尽力，这是说在原则上，若在事实上却是很不大容易。去年五月我给《国闻周报》写了一篇小文，题曰《日本管窥》，末节有说明云：

> 我从旧历新年就想到写这篇小文，可是一直没有工夫写，一方面又觉得不大好写，这就是说不知怎么写好。我不喜欢做时式文章，意思又总是那么中庸，所以生怕写出来时不大合式，抗日时或者觉得未免亲日，不抗日时又似乎有点不够客气了。

这个意思到现在还是一样，虽然并不为的是怕挨骂或吃官司。国事我是不谈的，原因是对于政治外交以及军事都不懂。譬如想说抗日，归根是要预备战才行，可是我没有一点战事的专门知识，不能赞一辞，若是“虽败犹荣”云云，乃是策论文章的滥调，可以摇笔即来，人人能做，也不必来多抄他一遍了。我所想谈的平常也还只是文化的一方面，而这就不容易谈得好。在十二三年前我曾这样说过：

> 中国在他独特的地位上特别有了解日本的必要与可能，但事实上却并不然，大家都轻蔑日本文化，以为古代是模仿中国，现代是模仿西洋的，不值得一看。日本古今的文化诚然是取材于中国与西洋，却经过一番调剂，成为他自己的东西，正如罗马文明之出于希腊而自成一家，所以我们尽可以说日本自有他的文明，在艺术与生活方面最为显著，虽然没有什么哲学思想。

这几句老话在当时未必有人相信，现在更是不合时宜，但是在我这意见还是没有变，岂非顽固之至乎。日本从中国学去了汉字，才有他的文学与文字，可是在奈良时代（西历八世纪）用汉字所写的两部书就有他特殊的价值，《万叶集》或者可以比中国的《诗经》，《古事记》则是《史记》，而其上卷的优美的神话太史公便没有写，以浅陋的知识来妄说，这只有希腊的故事是同类吧。平安时代的小说又是一例，紫式部的《源氏物语》五十二卷成于十世纪时，中国正是宋太宗的时候，去长篇小说的发达还要差五百年，而此大作已经出世，不可不说是一奇迹。近年英国瓦莱（A. Waley）的译本六册刊行，中国读者也有见到的了，这实在可以说是一部唐朝《红楼梦》，仿佛觉得以唐朝文化之丰富本应该产生这么的一种大作，不知怎的这光荣却被藤原女士抢了过去了。江户时代的平民文学正与明清的俗文学相当，似乎我们可以不必灭自己的威风了，但是我读日本“滑稽本”，还不能不承认这是中国所没有的东西。滑稽，——日本音读作kokkei，显然是从太史公的《滑稽列传》来的，中国近来却多喜欢读若泥滑滑的滑了！据说这是东方民族所缺乏的东西，日本人自己也常常慨叹，惭愧不及英国人。这所说或者不错，因为听说英国人富于“幽默”，其文学亦多含“幽默”趣味，而此“幽默”一语在日本常译为“滑稽”，虽然在中国另造了这两个译音而含别义的字，很招了人家的不喜欢，有人主张改译“酉靺”，亦仍无济于事。且说这“滑稽本”起于文化文政（一八〇四年至二九）年间，全没有受着西洋的影响，中国又并无这种东西，所以那无妨说是日本人自己创作的玩意儿，我们不能说比英国小说家的幽默何如，但这总可证明日本人有幽默趣味要比中国人为多了。我将十返舍一九的《东海道中膝栗毛》

（膝栗毛者以脚当马，即徒步旅行也），式亭三马的《浮世风吕》与《浮世床》（风吕者澡堂，床者今言理发处。此种汉字和用，虽似可笑，世间却多有，如希腊语帐篷今用作剧场的背景，跳舞场今用作乐队也）放在旁边，再一一回忆我所读过的中国小说，去找类似的作品，或者一半因为孤陋寡闻的缘故，一时竟想不起来。借了两个旅人写他们路上的遭遇，或写澡堂理发铺里往来的客人的言动，本是“气质物”的流派，亚理士多德门下的退阿佛拉斯多斯（Theophrastos）就曾经写有一册书，可算是最早，从结构上说不能变成近代的好小说，但平凡的述说里藏着会心的微笑，特别是三马的书差不多全是对话，更觉得有意思。中国滑稽小说我想不出有什么，自《西游记》《儒林外史》以至《何典》《常言道》，都不很像，讲到描写气质或者还是《儒林外史》里有几处，如高翰林那种神气便很不坏，只可惜不多。总之在滑稽这点上日本小说自有造就，此外在诗文方面有“俳谐”与俳文的发展，也是同一趋势，可以值得注意的。关于美术我全是外行，不敢妄言，但是我看浮世绘（Ukiyo-ë，意思是说描写现世事物的画，西洋称作日本彩色木板画者是也，真的只在公家陈列处见过几张，自己所有都只是复刻影印），觉得这是一种很特别的民众画，不但近时的“大厨美女”，就是乾隆时的所谓“姑苏板”也难以相比，他总是那么现世的，专写市井风俗，男女姿态，不取吉祥颂祷的寓意。中国后来文人画占了势力，没法子写仕女了，近代任渭长的画算有点特色，实在也是承了陈老莲的大头短身子的怪相的遗传，只能讲气韵而没有艳美，普通绣像的画工之作又都是呆板的，比文人画只有差，因为他连气韵也没了。日本浮世绘师本来是画工，他们却至少能抓得住艳美，只须随便翻开铃木春信，喜多川歌麻吕（末二字原系拼作一字写）或矶田湖龙斋的画来看，便可知道，至于刻工印工的精致那又是别一事情。古时或者难说，现今北平纸店的信笺无论怎样有人恭维，总不能说可以赶得上他们。我真觉得奇怪，线画与木刻本来都是中国的东西，何以自己弄不好，《十竹斋笺谱》里的蠡湖洙泗等画原也很好，但与一立斋广重的木板风景画相比较，便不免有后来居上之感。我是绘画的门外汉，所说不能有完全的自信，但是，日本画源出中国而自有成就，浮世绘更有独自的特色，如不是胜过也总是异于中国同类的作品，可以说是特殊的日本美术之一，这是我相信不妨确说的了。上边拉杂的说了一通，意思无非是说日本有他的文化值得研究，至于因为与中国古代文化有密切的关系，所以这种研究也很足为我国国学家之参考，这是又一问题，这里不想说及。这里想顺便一提的，便是谈这些文化有什么用处。老实说，这没有用处。好的方面未必能救国，坏的方面也不至卖国。近时有些时髦的呼声，如文化侵略或文化汉奸等，不过据我看来，文化在这种关系上也是有点无能为力的。去年年终写《日本管窥之三》时，在最末一节说：

但是要了解一国文化，这件事固然很艰难，而且实在又是很寂寞的。平常只注意于往昔的文化，不禁神驰，但在现实上往往不但不相同，或者还简直相反，这时候要使人感到矛盾失望。其实这是不足怪的。古今时异，一也。多寡数异，又其二也。天下可贵的事物本不是常有的，山阴道士不能写《黄庭》，曲阜童生也不见得能讲《论语》，研究文化的人想遍地看去都是文化，此不可得之事也。日本文化亦是如此，故非耐寂寞者不能着手，如或太热心，必欲使心中文化与目前事实合一，则结果非矛盾失望而中止不可。不佞尝为学生讲日本文学与其背景[①]，常苦于此种质问之不能解答，终亦只能承认有好些高级的文化是过去的少数的，对于现今的多数是没有什么势力，此种结论虽颇暗淡少生意，却是从自己的经验得来，故确是诚实无假者也。

这里说得不很明白，大意是说，文化是民族的最高努力的表现，往往是一时而非永在，是少数而非全体的，故文化的高明与现实的粗恶常不一致。研究文化的人对于这种事情或者只能认为无可如何，总不会反觉得愉快，譬如能鉴赏《源氏物语》或浮世绘者见了柳条沟，满洲国，藏本失踪，华北自治与走私等等，一定只觉得丑恶愚劣，不，即日本有教养的艺术家也都当如此，盖此等事既非真善亦并无美也。古今专制政治利在愚民，或用锢闭，或用宣传，务期人民心眼俱昏才为有利，今若任人领略高等文化之美，即将使其对于丑恶愚劣的设施感到嫌恶，故如以真的文化传播作专制或侵略的先锋，恰是南辕而北其辙，对于外国之"文化事业"所以实是可为而不可为，此种事业往往有名无实亦正非无故耳。乱七八糟的写了好些，终于不得要领，只好打住了。我这里只说日本文化之可以谈，但是谈的本文何时起头则尚有年无月，因为这只是在原则上要谈，事实上还须再待理会也。妄谈，多费清时，请勿罪。匆匆，顺颂撰安。

廿五年七月五日，知堂白。

【鄢校】

①“日本文学与其背景”原加有书名号，据《风雨谈·日本管窥之三》改。

谈日本文化书（其二）

亢德先生：

得知《宇宙风》要出一个“日本与日本人”特刊，不佞很代为忧虑，因为相信这是要失败的。不过这特刊如得有各位寄稿者的协力帮助，又有先生的努力支持，那么也可以办得很好，我很希望“幸而吾言不中”。

目下中国对于日本只有怨恨，这是极当然的。二十年来在中国面前现出的日本全是一副吃人相，不但隋唐时代的那种文化的交谊完全绝灭，就是甲午年的一刀一枪的厮杀也还痛快大方，觉得已不可得了。现在所有的几乎全是卑鄙龌龊的方法，与其说是武士道还不如说近于上海流氓的拆梢，固然该怨恨却尤值得我们的轻蔑。其实就是日本人自己也未尝不明白。前年夏天我在东京会见一位陆军将官，虽是初见，彼此不客气的谈天，讲到中日关系我便说日本有时做的太拙，损人不利己，大可不必，例如藏本事件。那中将接着说，说起来非常惭愧，我们也很不赞成那样做。去年冬天河北闹什么自治运动，有日本友人对了来游历的参谋本部的军官谈及，说这种做法太拙太腌臜了，军官也大不赞成，问你们参谋本部不与闻的么，他笑而不答。这都可见大家承认日本近来对中国的手段不但凶狠而且还卑鄙可丑，假如要来老实地表示我们怨恨与轻蔑的意思，恐怕就是用了极粗恶的话写上一大册也是不会过度的。但是《宇宙风》之出特辑未必是这样用意罢？而且实力没有，别无办法，只想在口头笔头讨点便宜，这是我国人的坏根性，要来助长他也是没有意思的事。那么，我们自然希望来比较公平地谈谈他们国土与人民，——但是，这是可能的么？这总恐怕很不容易，虽然未必是不可能。本来据我想，一个民族的代表可以有两种，一是政治军事方面的所谓英雄，一是艺文学术方面的贤哲。此二者原来都是人生活动的一面，但趋向并不相同，有时常至背驰，所以我们只能分别观之，不当轻易根据其一以抹杀其二。如有人因为喜爱日本的文明，觉得他一切都好，对于其丑恶面也加以回护，又或因为憎恶暴力的关系，翻过来打倒一切，以为日本无文化，这都是同样的错误。第一类里西洋人居多，他们的亲日往往近于无理性，虽是近世文人也难免，如小泉八云（Lafcadio Hearn），法国古修（Paul-Louis Couchoud），葡萄牙摩拉蔼思（W. de Moraes）。他们常将日本人的敬神尊祖忠君爱国看得最重，算作顶高的文明，他们所佩服的昔时的男子如不是德川家康，近时的女人便是畠山勇子。这种意见不佞是不以为然的。我颇觉得奇怪，西洋人亦自高明，何以对于远东多崇拜英雄而冷落贤哲呢？这里我想起古希腊的一件故事来：据说在二千五百年前，大约是中国卫懿公好鹤的时候，蒲桃酒有名的萨摩思岛上有一位大富翁，名叫耶特蒙，家里有许多许多奴隶，其中却有两个出名的，其一男的即寓言作家伊索（Aisopos），其一女的名曰蔷薇颊（Rhodopis），古代美人之一，后来嫁给了女诗人萨福的兄弟。故事就只是这一点，我所要说的是，耶特蒙与伊索蔷薇颊那边可以做大家的代表。老实说，耶特蒙并不是什么坏人，虽然他后来把蔷薇颊卖给克散妥思去当艺伎，却也因伊索能写寓言诗而解放了他，又一方面说，他们大众与伊索蔷薇颊也恐怕着实有些隔膜，但如要找他们的代表，这自然还该是二人而不是耶特蒙吧。因为奴隶里有了伊索和蔷薇颊，便去颂扬奴主，这也正可以不必。中国人对于日本文化取这样态度的差不多没有，所以这里可以无须多说，在中国比较常有的倒是上文所说的第二类，假如前者可以称作爱屋及乌，则后者当是把脚盆里的孩子连水一起泼了出去也。这与上一派虽是爱憎不同，其意见却有相同之点，即是一样的将敬神尊祖忠君爱国当作日本文化看，遂断论以为这不足道，这断论并不算错，毛病就只在不去求文化于别方面耳。但是一个人往往心无二用，我们如心目中老是充满着日本古今的英雄，而此英雄者实在乃只是一种较大的流氓，旁观者对于他的成功或会叫好，在受其害的自然不会得有好感（虽然代远年湮，记忆迷胡了的时候，也会有的，如中国人之颂扬忽必烈汗是也），更无暇去听别的贤哲在市井山林间说什么话，低微的声音亦已为海螺声所掩盖了。如此，则亦人情也。唯或听见看见了，却以为此贤哲者也不过是英雄的家人，他们盖为老爷传宣来也，这种看法也可以说是人情，不过总是错误了。永井荷风在《江户艺术论》中云：

> 希腊美术发生于以亚坡隆为神的国土，浮世绘则由与虫豸同样的平民之手制作于日光晒不到的小胡同的杂院里。现在虽云时代全已变革，要之只是外观罢了。若以合理的眼光一看破其外皮，则武断政治的精神与百年以前毫无所异。江户木板画之悲哀的色彩至今全无时间的间隔，深

深沁入我们的胸底，常传亲密的私语者，盖非偶然也。

浮世绘工不外绘师雕工印工三者，在当时诚只是虫豸同样的平民，然而我们现在却不能不把他归入贤哲部类，与圣明的德川家的英雄相对立。我们要知道日本这国家在某时期的政治军事上的行动，那么德川家康这种英雄自然也该注意，因为英雄虽然多非善类，但是他有作恶的能力，做得出事来使世界震动，人类吃大苦头，历史改变。不过假如要找出这民族的代表来问问他们的悲欢苦乐，则还该到小胡同大杂院去找，浮世绘工亦是其一。我的意思是，我们要研究，理解，或谈日本的文化，其目的不外是想去找出日本民族代表的贤哲来，听听同为人类为东洋人的悲哀，却把那些英雄搁在一旁，无论这是怎样地可怨恨或轻蔑。这是可以做到的么？我不能回答。做不到也无怪，因为这是人情之常。但是假如做不到，则先生的计划便是大失败了。先生这回所出“赋得日本与日本人”的题目实在太难了，我自己知道所缴的卷考不到及格分数，虽然我所走的不是第一条也不是第二条的路，——或者天下实无第三条路亦未可知，然则我的失败更是“实别”活该耳。

八月十四日，知堂白。

怀东京

我写下这个题目，便想起谷崎润一郎在《摄阳随笔》里的那一篇《忆东京》来。已有了谷崎氏的那篇文章，别人实在只该阁笔了，不佞何必明知故犯的来班门弄斧呢。但是，这里有一点不同。谷崎氏所忆的是故乡的东京，有如父师对于子弟期望很深，不免反多责备，虽然溺爱不明，不知其子之恶者世上自然也多有。谷崎文中云：

> 看了那尾上松之助的电影，实在觉得日本人的戏剧，日本人的面貌都很丑恶，把那种东西津津有味的看着的日本人的头脑与趣味也都可疑，自己虽生而为日本人，却对于这日本的国土感觉到可厌恶了。

从前堀口大学有一首诗云：

> 在生我的国里
> 反成为无家的人了。

没有人能知道罢——

将故乡看作外国的

我的哀愁。

正因为对于乡国有情，所以至于那么无情似的谴责或怨嗟。我想假如我要写一篇论绍兴的文章，恐怕一定会有好些使得乡友看了皱眉的话，不见得会说错，就只是严刻，其实这一点却正是我所有对于故乡的真正情愫。对于故乡，对于祖国，我觉得不能用今天天气哈哈哈的态度。若是外国，当然应当客气一点才行，虽然无须瞎恭维，也总不必求全责备，以致吹毛求疵罢。这有如别人家的子弟，只看他清秀明慧处予以赏识，便了吾事。世间一般难得如此，常有为了小儿女玩耍相骂，弄得两家妈妈扭打，都滚到泥水里去，如小报上所载，又有“白面客”到瘾发时偷街坊的小孩送往箕子所开的“白面房子”里押钱，也是时常听说的事（门口的电灯电线，铜把手，信箱铜牌，被该客借去的事尤其多了，寒家也曾经验，至今门口无灯也）。所以对于别国也有断乎不客气者，不过这些我们何必去学乎。

我曾说过东京是我第二故乡，但是他究竟是人家的国土，那么我的态度自然不能与我对绍兴相同，亦即是与谷崎氏对东京相异，我的文章也就是别一种的东西了。我的东京的怀念差不多即是对于日本的一切观察的基本，因为除了东京之外我不知道日本的生活，文学美术中最感兴趣的也是东京前身的江户时代之一部分。民族精神虽说是整个的，古今异时，变化势所难免，我们无论怎么看重唐代文化的平安时代，但是在经过了室町江户时代而来的现代生活里住着，如不是专门学者，要去完全了解他是很不容易的事，正如中国讲文化总推汉唐，而我们现在的生活大抵是宋以来这一统系的，虽然有时对于一二模范的士大夫如李白韩愈还不难懂得，若是想了解有社会背景的全般文艺的空气，那就很有点困难了。要谈日本把全空间时间的都包括在内，实在没有这种大本领，我只谈谈自己所感到的关于东京的一二点，这原是身边琐事，个人偶感，但他足以表示我知道日本之范围之小与程度之浅，未始不是有意思的事情。

我在东京只继续住过六年，但是我爱好那个地方，有第二故乡之感。在南京我也曾住过同样的年数，学校内外有过好些风波，纪念也很不浅，我对于他只是同杭州仿佛，没有忘不了或时常想起的事。北京我是喜欢的，现在还住着，这是别一回事，且不必谈。辛亥年秋天从东京归国，住在距禹迹寺季彭山故里沈园遗址都不过一箭之遥的老屋里，觉得非常寂寞，时时回忆在东京的学生生活，胜于家居吃老米饭。曾写一篇拟古文，追记一年前与妻及妻弟往尾久川钓鱼，至田端遇雨，坐公共马车（囚车似的）回本乡的事，颇感慨系之。这是什么缘故呢？东京的气候不比北京好，地震失火一直还是大威胁，山水名胜也无馀力游玩，官费生的景况是可想而知的，自然更说不到娱乐。我就喜欢在东京的日本生活，即日本旧式的衣食住。此外是买新书旧书的快乐，在日本桥神田本乡一带的洋书和书新旧各店，杂志摊，夜店，日夜巡阅，不知疲倦，这是许多人都喜欢的，不必要我来再多说明。回到故乡，这种快乐是没有了，北京虽有市场里书摊，但情趣很不相同，有些朋友完全放弃了新的方面，回过头来钻到琉璃厂的古书堆中去，虽然似乎转变得急，又要多花钱，不过这也是难怪的，因为在北平实在只有古书还可买，假如人有买书的瘾，回国以后还未能干净戒绝的话。

去年六月我写《日本管窥之二》，关于日本的衣食住稍有说明。我对于一部分的日本生活感到爱着，原因在于个人的性分与习惯，文中曾云：

我是生长于东南水乡的人，那里民生寒苦，冬天屋内没有火气，冷风可以直吹进被窝来，吃的通年不是很咸的腌菜也是很咸的腌鱼，有了这种训练去过东京的下宿生活，自然是不会不合适的。

还有第二的原因，可以说是思古之幽情。文中云：

我那时又是民族革命的一信徒，凡民族主义必含有复古思想在里边，我们反对清朝，觉得清以前或元以前的差不多都好，何况更早的东西。

为了这个理由我们觉得和服也很可以穿，若袍子马褂在民国以前都作胡服看待，在东京穿这种衣服即是奴隶的表示，弘文书院照片里（里边也有黄轸胡衍鸿）前排靠边有杨皙子的袍子马褂在焉，这在当时大家是很为骇然的。我们不喜欢被称为清国留学生，寄信时必写支那，因为认定这摩诃脂那，至那以至支那皆是印度对中国的美称，又《佛尔雅》八，释木第十二云："桃曰至那你，汉持来也。"觉得很有意思，因此对于支那的名称一点都没有反感，至于现时那可怜的三上老头子要替中国正名曰支那，这是着了法西斯的闷香，神识昏迷了，是另外一件笑话。关于食物我曾说道：

吾乡穷苦，人民努力吃三顿饭，唯以腌菜臭豆腐螺蛳当菜，故不怕咸与臭，亦不嗜油若命，到日本去吃无论什么都不大成问题。有些东西可以与故乡的什么相比，有些又即是中国某处的什么，这样一想也很有意思。如味噌汁与干菜汤，金山寺味噌与豆板酱，福神渍与酱咯哒（咯哒犹骨朵，此言酱大头菜也），牛蒡独活与芦笋，盐鲑与勒鲞，皆相似的食物也。又如大德寺纳豆即咸豆豉，泽庵渍即福建的黄土萝卜，蒟蒻即四川的黑豆腐，刺身（sashimi）即广东的鱼生，寿司（sushi）即古昔的鱼鲊，其制法见于《齐民要术》，此其间又含有文化交通的历史，不但可吃，也更可思索。家庭宴集自较丰盛，但其清淡则如故，亦仍以菜蔬鱼介为主，鸡豚在所不废，唯多用其瘦者，故亦不油腻也。

谷崎氏文章中很批评东京的食物，他举出鲫鱼的雀烧（小鲫鱼破背煮酥，色黑，形如飞雀，故名）与叠鰯（小鱼晒干，实非沙丁鱼也）来做代表，以为显出脆薄，贫弱，寒乞相，毫无腴润丰盛的气象。这是东京人的缺点，其影响于现今以东京为中心的文学美术之产生者甚大。他所说的话自然也有一理，但是我觉得这些食物之有意思也就是这地方，换句话可以说是清淡质素，他没有富家厨房的多油多团粉，其用盐与清汤处却与吾乡寻常民家相近，在我个人是很以为好的。假如有人请吃酒，无论鱼翅燕窝以至熊掌我都会吃，正如大葱卵蒜我也会吃一样，但没得吃时决不想吃或看了人家吃便害馋，我所想吃的如奢侈一点还是白鲞汤一类，其次是鳘（乡俗读若米）鱼鲞汤，还有一种用挤了虾仁的大虾壳，砸碎了的鞭笋的不能吃的“老头”（老头者近根的硬的部分，如甘蔗老头等），再加干菜而蒸成的不知名叫什么的汤，这实在是寒乞相极了，但越人喝得滋滋有味，而其有味也就在这寒乞即清淡质素之中，殆可勉强称之曰俳味也。

日本房屋我也颇喜欢，其原因与食物同样的在于他的质素。我在《管窥之二》中说过：

> 我喜欢的还是那房子的适用，特别便于简易生活。

下文又云：

> 四席半一室面积才八十一方尺，比维摩斗室还小十分之二，四壁萧然，下宿只供给一副茶具，自己买一张小几放在窗下，再有两三个坐褥，便可安住。坐在几前读书写字，前后左右皆有空地，都可安放书卷纸张，等于一大书桌，客来遍地可坐，容六七人不算拥挤，倦时随便卧倒，不必另备沙发，深夜从壁橱取被摊开，又便即正式睡觉了。昔时常见日本学生移居，车上载行李只铺盖衣包小几或加书箱，自己手提玻璃洋油灯在车后走而已。中国公寓住室总在方丈以

上，而板床桌椅箱架之外无多馀地，令人感到局促，无安闲之趣。大抵中国房屋与西洋的相同都是宜于华丽而不宜于简陋，一间房子造成，还是行百里者半九十，非是有相当的器具陈设不能算完成，日本则土木功毕，铺席糊窗，即可居住，别无一点不足，而且还觉得清疏有致。从前在日本旅行，在吉松高锅等山村住宿，坐在旅馆的朴素的一室内凭窗看山，或着浴衣躺席上，要一壶茶来吃，这比向来住过的好些洋式中国式的旅舍都要觉得舒服，简单而省费。

从别方面来说，他缺少阔大。如谷崎润一郎以为如此纸屋中不会发生伟大的思想，萩原朔太郎以为不能得到圆满的恋爱生活，永井荷风说木造纸糊的家屋里适应的美术其形不可不小，其质不可不轻，与钢琴油画大理石雕刻这些东西不能相容。这恐怕都是说得对的，但是有什么办法呢。事实是如此，日本人纵使如田口卯吉所说日日戴大礼帽，反正不会变成白人，用洋灰造了文化住宅，其趣味亦未必遂胜于四席半，若不佞者不幸生于远东，环境有相似处，不免引起同感，这原只是个人爱好，若其价值是非那自可有种种说法，并不敢一句断定也。

日本生活里的有些习俗我也喜欢，如清洁，有礼，洒脱。洒脱与有礼这两件事一看似乎有点冲突，其实却并不然。洒脱不是粗暴无礼，他只是没有宗教与道学的伪善，没有从淫逸发生出来的假正经。最明显的例是对于裸体的态度。蔼理斯在论《圣芳济及其他》（*St. Francis and Others*）文中有云：

> 希腊人曾将不喜裸体这件事看作波斯人及其他夷人的一种特性，日本人——别一时代与风土的希腊人——也并不想到避忌裸体，直到那西方夷人的淫逸的怕羞的眼告诉了他们。我们中间至今还觉得这是可嫌恶的，即使单露出脚来。

他在小注中引了时事来证明，如不列颠博物院阅览室不准穿镂空皮鞋的进去，又如女伶光腿登台，致被检察，结果是谢罪于公众，并罚一巨款云。日本现今虽然也在竭力模仿文明，有时候不许小说里亲嘴太多，或者要叫石像穿裙子，表明官吏的眼也渐渐淫逸而怕羞了，在民间却还不尽然，浴场的裸体群像仍是“司空见惯”，女人的赤足更不足希奇，因为这原是当然的风俗了。中国万事不及英国，只有衣履不整者无进图书馆之权，女人光腿要犯法，这两件事倒是一样，也是很有意思的。不，中国还有缠足，男女都缠，不过女的裹得多一点，缚得小一点，这是英国也没有的，不幸不佞很不喜欢这种出奇的做法，所以反动的总是赞美赤足，想起两足白如霜不着鸦头袜之句，觉得青莲居士毕究是可人，不管他是何方人氏，只要是我的同志就得了。我常想，世间鞋类里边最美善的要算希腊古代的山大拉（sandala），闲适的是日本的下驮（geta），经济的是中国南方的草鞋，而拖鞋之流不与也。凡此皆取其不隐藏，不装饰，只是任其自然，却亦不至于不适用与不美观。不佞非拜脚狂者，如传说中的辜汤生一类，亦不曾作履物之搜集，本不足与语此道，不过鄙意对于脚或身体的别部分以为解放总当胜于束缚与隐讳，故于希腊日本的良风美俗不能不表示赞美，以为诸夏所不如也。希腊古国恨未及见，日本则幸曾身历，每一出门去，即使别无所得，只见憧憧往来的都是平常人，无一裹足者在内，令人见之愀然不乐，如现今在北平行路每日所经验者，则此事亦已大可喜矣。我前写《天足》一小文，于今已十五年，意见还是仍旧，真真自愧对于这种事情不能去找出一个新看法新解释来也。

上文所说都是个人主观的见解，盖我只从日本生活中去找出与自己性情相关切的东西来，有的是在经验上正面感到亲近者，就取其近似而更有味的，有的又反而觉到嫌恶，如上边的裹足，则取其相反的以为补偿，所以总算起来这些东西很多，却难有十分明确的客观解说。不过我爱好这些总是事实。这都是在东京所遇到，因此对于东京感到怀念，对于以此生活为背景的近代的艺文也感觉有兴趣。永井荷风在《江户艺术论》第一篇《浮世绘之鉴赏》中曾有这一节话道：

> 我反省自己是什么呢，我非威耳哈伦（Verhaeren）似的比利时人而是日本人也，生来就和他们的运命及境遇迥异的东洋人也。恋爱的至情不必说了，凡对于异性之性欲的感觉悉视为最大的罪恶，我辈即奉戴此法制者也。承受“胜不过啼哭的小孩和地主”的教训的人类也，知道“说话则唇寒”的国民也。使威耳哈伦感奋的那滴着鲜血的肥羊肉与芳醇的蒲桃酒与强壮的妇女之绘画，都于我有什么用呢。呜呼，我爱浮世绘。苦海十年为亲卖身的游女的绘姿使我泣。凭倚竹窗茫然看着流水的艺妓的姿态使我喜。卖宵夜面的纸灯寂寞地停留着的河边的夜景使我醉。雨夜啼月的杜鹃，阵雨中散落的秋天树叶，落花飘风的钟声，途中日暮的山路的雪，凡是无常无告无望的，使人无端嗟叹此世只是一梦的，这样的一切东西，于我都是可亲，于我都是可怀。

永井氏是在说本国的事，所以很有悲愤，我们当作外国艺术看时似可不必如此，虽然也很赞同他的意思。是的，却也不是。生活背景既多近似之处，看了从这出来的艺术的表示，也常令人有《瘗旅文》的“吾与尔犹彼也”之感。大的艺术里吾尔彼总是合一的，我想这并不是老托尔斯泰一个人的新发明，虽然御用的江湖文学不妨去随意宣传，反正江湖诀（Journalism）只是应时小吃而已。还有一层，中国与日本现在是立于敌国的地位，但如离开现时的关系而论永久的性质，则两者都是生来就和西洋的运命及境遇迥异的东洋人也。日本有些法西斯中毒患者以为自己国民的幸福胜过至少也等于西洋了，就只差未能吞并亚洲，稍有愧色，而艺术家乃感到“说话则唇寒”的悲哀，此正是东洋人之悲哀也，我辈闻之亦不能不惘然。木下杢太郎在他的《食后之歌》序中云：

> 在杂耍场的归途，戏馆的归途，又或常盘木俱乐部，植木店的归途，予常尝此种异香之酒，耽想那卑俗的，但是充满眼泪的江户平民艺术以为乐。

我于音乐美术是外行，不能了解江户时代音曲板画的精妙，但如永井木下所指出，这里边隐着的哀愁也是能够隐隐的感着的。这不是代表中国人的哀愁，却也未始不可以说包括一部分在内，因为这如上文所说其所表示者总之是东洋人之悲哀也。永井氏论木板画的色彩，云这暗示出那样暗黑时代的恐怖与悲哀与疲劳。俗曲里礼赞恋爱与死，处处显出人情与礼教的冲突，偶然听唱义太夫，便会遇见纸治，即是这一类作品。日本的平民艺术仿佛善于用优美的形式包藏深切的悲苦，这是与中国很不同的。不过我已声明关于这些事情不甚知道，中国的戏尤其是不懂，所以这只是信口开河罢了，请内行人见了别生气才好。

我写这篇小文，没有能够说出东京的什么真面目来，很对不起读者，不过我借此得以任意的说了些想到的话，自己倒觉得愉快，虽然以文章论也还未能写得好。此外本来还有些事想写进去的，如书店等，现在却都来不及再说，只好等将来另写了。

廿五年八月八日，于北平。

东京的书店

说到东京的书店第一想起的总是丸善（Maruzen）。他的本名是丸善株式会社，翻译出来该是丸善有限公司，与我们有关系的其实还只是书籍部这一部分。最初是个人开的店铺，名曰丸屋善七，不过这店我不曾见过，一九〇六年初次看见的是日本桥通三丁目的丸善，虽铺了地板还是旧式楼房，民国以后失火重建，民八往东京时去看已是洋楼了，随后全毁于大地震，前年再去则洋楼仍建在原处，地名却已改为日本桥通二丁目。我在丸善买书前后已有三十年，可以算是老主顾了，虽然卖买很微小，后来又要买和书与中国旧书，财力更是分散，但是这一点点的洋书却于我有极大的影响，所以丸善虽是一个法人，而在我可是可以说有师友之谊者也。

我于一九〇六年八月到东京，在丸善所买最初的书是圣兹伯利（G. Saintsbury）的《英文学小史》一册与泰纳的英译本四册，书架上现今还有这两部，但已不是那时买的原书了。我在江南水师学堂学的外国语是英文，当初的专门是管轮，后来又奉督练公所命令改学土木工学，自己的兴趣却是在文学方面，因此找一两本英文学史来看看，也是很平常的事。但是实在也并不全是如此，我的英文始终还是敲门砖，这固然使我得知英国十八世纪以后散文的美富，如爱迭生，斯威夫忒，阑姆，斯替文生，密伦，林特等的小品文我至今爱读，那时我的志趣乃在所谓大陆文学，或是弱小民族文学，不过借英文做个居中传话的媒婆而已。一九〇九年所刊的《域外小说集》二卷中译载的作品以波兰俄国波思尼亚芬兰为主，法国有一篇摩波商（即莫泊三），英美也各有一篇，但这如不是犯法的淮尔特（即王尔德）也总是酒狂的亚伦坡。俄国不算弱小，其时正是专制与革命对抗的时候，中国人自然就引为同病的朋友，弱小民族盖是后起的名称，实在我们所喜欢的乃是被压迫的民族之文学耳。这些材料便是都从丸善去得来的。日本文坛上那时有马场孤蝶等人在谈大陆文学，可是英译本在书店里还很缺少，搜求极是不易，除俄法的小说尚有几种可得外，东欧北欧的难得一见，英译本原来就很寥寥。我只得根据英国倍寇（E. Baker）的《小说指南》（*A Guide to Best Fictions*），抄出书名来，托丸善去定购，费了许多的气力与时光，才能得到几种波兰，勃尔伽利亚，波思尼亚，芬兰，匈加利，新希腊的作品，这里边特别可以提出来的有育珂摩耳（Jokai Mor）的小说，不但是东西写得好，有匈加利的司各得之称，而且还是革命家，英译本的印刷装订又十分讲究，至今还可算是我的藏书中之佳品，只可惜在绍兴放了四年，书面上因为潮湿生了好些霉菌的斑点。此外还有一部插画本土耳该涅夫（Turgeniev）小说集，共十五册，伽纳忒夫人译，价三镑。这部书本平常，价也不能算贵，每册只要四先令罢了，不过当时普通留学官费每月只有三十三圆，想买这样大书，谈何容易，幸而有蔡谷清君的介绍把哈葛德与安特路朗合著的《红星佚史》译稿卖给商务印书馆，凡十万馀字得洋二百元，于是居然能够买得，同时定购的还有勃阑兑思（Georg Brandes）的一册《波兰印象记》，这也给予我一个深的印象，使我对于波兰与勃阑兑思博士同样地不能忘记。我的文学店逐渐地关了门，除了《水浒传》《吉诃德先生》之外不再读中外小说了，但是杂览闲书，丹麦安徒生的童话，英国安特路朗的杂文，又一方面如威斯忒玛克的《道德观念发达史》，部丘的关于希腊的诸讲义，都给我很愉快的消遣与切实的

教导，也差不多全是从丸善去得来的。末了最重要的是蔼理斯的《性心理之研究》七册，这是我的启蒙之书，使我读了之后眼上的鳞片倏忽落下，对于人生与社会成立了一种见解。古人学艺往往因了一件事物忽然省悟，与学道一样，如学写字的见路上的蛇或是雨中在柳枝下往上跳的蛙而悟，是也。不佞本来无道可悟，但如说因“妖精打架”而对于自然与人生小有所了解，似乎也可以这样说，虽然𠂉字派的同胞听了觉得该骂亦未可知。《资本论》读不懂（后来送给在北大经济系的旧学生杜君，可惜现在墓木已拱矣！），考虑妇女问题却也会归结到社会制度的改革，如《爱的成年》的著者所已说过。蔼理斯[①]的意见大约与罗素相似，赞成社会主义而反对“共产法西斯底”的罢。蔼理斯的著作自《新精神》以至《现代诸问题》都从丸善购得，今日因为西班牙的反革命运动消息的联想又取出他的一册《西班牙之魂灵》来一读，特别是《吉诃德先生》与《西班牙女人》两章，重复感叹，对于西班牙与蔼理斯与丸善都不禁各有一种好意也。

人们在恋爱经验上特别觉得初恋不易忘记，别的事情恐怕也是如此，所以最初的印象很是重要。丸善的店面经了几次改变了，我所记得的还是那最初的旧楼房。楼上并不很大，四壁是书架，中间好些长桌上摊着新到的书，任凭客人自由翻阅，有时站在角落里书架背后查上半天书也没人注意，选了一两本书要请算账时还找不到人，须得高声叫伙计来，或者要劳那位不良于行的下田君亲自过来招呼，这种不大监视客人的态度是一种愉快的事，后来改筑以后自然也还是一样，不过我回想起来时总是旧店的背景罢了。记得也有新闻记者问过，这样不会缺少书籍么？答说，也要遗失，不过大抵都是小册，一年总计才四百圆左右，多雇人监视反不经济云。当时在神田有一家卖洋书的中西屋，离寓所比丸善要近得多，可是总不愿常去，因为伙计跟得太凶。听说有一回一个知名的文人进去看书，被监视得生起气来，大喝道，你们以为客人都是小偷么！这可见别一种的不经济。但是不久中西屋出倒于丸善，改为神田支店，这种情形大约已改过了罢，民国以来只去东京两三次，那里好像竟不曾去，所以究竟如何也就不得而知了。

因丸善而联想起来的有本乡真砂町的相模屋旧书店，这与我的买书也是很有关系的。一九〇六年的秋天我初次走进这店里，买了一册旧小说，是匈加利育珂原作美国薄格思译的，书名曰《髑髅所说》（*Told by the Death's Head*），卷首有罗马字题曰，K. Tokutomi, Tokio Japan. June 27th. 1904. 一看就知是《不如归》的著者德富健次郎的书，觉得很是可以宝贵的，到了辛亥归国的时候忽然把他和别的旧书一起卖掉了，不知为什么缘故，或者因为育珂这长篇传奇小说无翻译的可能，又或对于德富氏晚年笃旧的倾向有点不满罢。但是事后追思有时也还觉得可惜。民八春秋两去东京，在大学前的南阳堂架上忽又遇见，似乎他直立在那里有八九年之久了，赶紧又买了回来，至今藏在寒斋，与育珂别的小说《黄蔷薇》等作伴。相模屋主人名小泽民三郎，从前曾在丸善当过伙计，说可以代去拿书，于是就托去拿了一册该莱的《英文学上的古典神话》，色刚姆与尼珂耳合编的《英文学史》绣像本第一分册，此书出至十二册完结，今尚存，唯《古典神话》的背皮脆裂，早已卖去换了一册青灰布装的了。自此以后与相模屋便常有往来，辛亥回到故乡去后一切和洋书与杂志的购买全托他代办，直到民五小泽君死了，次年书店也关了门，关系始断绝，想起来很觉得可惜，此外就没有遇见过这样可以谈话的旧书商人了。本乡还有一家旧书店郁文堂，以卖洋书出名，虽然我与店里的人不曾相识，也时常去看看，曾经买过好些书，至今还颇喜欢所以记得的。这里边有一册勃阑兑思的《十九世纪名人论》，上盖一椭圆小印朱文曰胜弥，一方印白文曰孤蝶，知系马场氏旧藏，又一册《斯干地那微亚文学论集》，丹麦波耶生（H. H. Boyesen）用英文所著，卷首有罗马字题曰 November 8th. 08. M. Abe. 则不知是哪一个阿部君之物也。两书中均有安徒生论一篇，我之能够懂得一点安徒生差不多全是由于这两篇文章的启示，别一方面安特路朗（Andrew Lang）的人类学派神话研究也有很大的帮助，不过我以前只知道格林兄弟辑录的童话之价值，若安徒生创作的童话之别有价值则至此方才知道也。论文集中又有一篇勃阑兑思论，著者意见虽似右倾，但在这里却正可以表示出所论者的真相，在我个人是很喜欢勃阑兑思的，觉得也是很好的参考。前年到东京，于酷热匆忙中同了徐君去过一趟，却只买了一小册英诗人《克剌勃传》（*Crabbe*），便是丸善也只匆匆一看，买到一册瓦格纳著的《伦敦的客店与酒馆》而已。近年来洋书太贵，实在买不起，从前六先令或一圆半美金的书已经很好，日金只要三圆，现在总非三倍不能买得一册比较像样的书，此新书之所以不容易买也。

本乡神田一带的旧书店还有许多，挨家的看去往往可以花去大半天的工夫，也是消遣之一妙法。庚戌辛亥之交住在麻布区，晚饭后出来游玩，看过几家旧书后忽见行人已渐寥落，坐了直达的电车迂回地到了赤羽桥，大抵已是十一二点之间了。这种事想起来也有意思，不过店里的伙计在账台后蹲山老虎似的双目炯炯地睨视着，把客人一半当作小偷一半当作肥猪看，也是很可怕的，所以平常也只是看看，要遇见真是喜欢的书才决心开口问价，而这种事情也就不甚多也。

廿五年八月廿七日，于北平。

【锺校】

①“斯”原作“思”，改使与上文一致，下同。

北平的好坏

不佞住在北平已有二十个年头了。其间曾经回绍兴去三次，往日本去三次，时间不过一两个月，又到过济南一次，定县一次，保定两次，天津四次，通州三次，多则五六日，少或一天而已。因此北平于我的确可以算是第二故乡，与我很有些情分，虽然此外还有绍兴，南京，以及日本东京，我也住过颇久。绍兴是我生长的地方，有好许多山水风物至今还时时记起，如有闲暇很想记述一点下来，可是那里天气不好，寒暑水旱的时候都有困难，不甚适于住家。南京的六年学生生活也留下好些影响与感慨，背景却是那么模糊的，我对于龙蟠虎踞的钟山与浩荡奔流的长江总没有什么感情，自从一九〇六年肩铺盖出仪凤门之后，一直没有进城去瞻礼过，虽似薄情实在也无怪的。东京到底是人家的国土，那是另外的一件事情。归根结蒂在现今说来还是北平与我最有关系，从前我曾自称京兆人，盖非无故也，不过这已是十年前的事了，现在不但不是国都，而且还变了边塞，但是我们也能爱边塞，所以对于北京仍是喜欢，小孩们坐惯的破椅子被决定将丢在门外，落在打小鼓的手里，然而小孩的舍不得之情故自深深地存在也。

我说喜欢北平，究竟北平的好处在哪里呢？这条策问我一时有点答不上来，北平实在没有什么了不得的好处。我们可以说的，大约第一是气候好吧。据人家说，北平的天色特别蓝，太阳特别猛，月亮也特别亮。习惯了不觉得，有朋友到江浙去一走，或是往德法留学，便很感着这个不同了。其次是空气干燥，没有那泛潮时的不愉快，于人的身体总当有些益处。民国初年我在绍兴的时候，每到夏天，玻璃箱里的几本洋书都长上白毛，有些很费心思去搜求来的如育珂的《白蔷薇》，因此书面上便有了"白云风"似的瘢痕，至今看了还是不高兴。搬到北京来以后，这种毛病是没有了，虽然瘢痕不会消灭，那也是没法的事。第二，北平的人情也好，至少总可以说是大方。大方，这是很不容易的，因为这里边包含着宽容与自由。我觉得世间最可怕的是狭隘，一切的干涉与迫害就都从这里出来的。中国人的宿疾是外强中干，表面要摆架子，内心却无自信，随时怀着恐怖，看见别人一言一动，便疑心是在骂他或是要危害他，说是度量窄排斥异己，其实是精神不健全的缘故。小时候遇见远亲里会拳术的人，因为有恃无恐，取人己两不犯的态度，便很显得大方，从容。北平的人难道都会打拳，但是总有那么一种空气，使居住的人觉得安心，不像在别的都市仿佛已严密地办好了保甲法，个人的举动都受着街坊的督察，仪式起居的一点独异也会有被窥伺或告发的可能。中国的上上下下的社会都不扫自己门前的雪，却专管人家屋上的霜，不惜踏碎邻家的瓦或爬坍了墙头，因此如有不是那么做的，也总是难得而可贵了。从别一方面说，也可以说这正是北平的落伍，没有统制。不过天下事本不能一律而论，有喜欢统制人或被统制的，也有都不喜欢的，这有如宗教信仰，信徒对了菩萨叩头如捣蒜，用神方去医老太爷的病，在少信的人无妨看作泥塑木雕的偶像，根据保护信教自由的法令，固然未便上前捣毁，看了走开，回到无神的古庙去歇宿，只好各行其是耳。

北平也有我所不喜欢的东西，第一就是京戏。小时候看过些敬神的社戏，戏台搭在旷野中间，不但看的人自由来去，锣鼓声也不大喧闹，乡下人又只懂得看，即使不单赏识斤斗翻得多，也总要看这里边的故事，唱得怎么是不大有人理会的。乙巳（一九〇五）

的冬天与二十三个同学到北京练兵处来应留学考试，在西河沿住过一个月，曾经看了几次戏，租看的红纸戏目，木棍一样窄的板凳，台上扮演的丫鬟手淫，都还约略有点记得。查那时很简单的《北行日记》，还剩有这几条记录：

十二月初九日，下午偕公岐采卿椒如至中和园观剧，见小叫天演时，已昏黑矣。

×

初十日，下午偕公岐椒如至广德楼观剧，朱素云演《黄鹤楼》，朱颇通文墨云。

×

十六日，下午同采卿访榆荪，见永嘉胡俨庄君，同至广德楼观剧。

三十二年中人事变迁得很多，榆荪当防疫处长，染疫而殁，已在十多年前，椒如为渤海舰队司令，为张宗昌所杀，徐柯二君亦久不通音信了，我自己有三十年以上不曾进戏园，也可以算是一种改变吧。我厌恶中国旧剧的理由有好几个。其一，中国超阶级的升官发财多妻的腐败思想随处皆是，而在小说戏文里最为浓厚显著。其二，虚伪的仪式，装腔作势，我都不喜欢，觉得肉麻，戏台上的动作无论怎么有人赞美，我总看了不愉快。其三，唱戏的音调，特别是非戏子的在街上在房中的清唱，不知怎的我总觉得与八股鸦片等有什么关系，有一种麻痹性，胃里不受用。至于金革之音，如德国性学大师希耳息茀尔特在他的游记《男与女》第二十四节中所说，“乐人在铜锣上打出最高音”，或者倒还在其次，因为这在中国不算最闹也。游记同节中云：

> 中国人的听觉神经一定同我们构造得不同，这在一个中国旅馆里比在中国戏园还更容易看出来。

由是观之，铜锣的最高音究竟还是乐人所打的，比旅馆里的通夜蜜蜂窠似地哄哄然终要胜一筹也。

我反对旧剧的意见不始于今日，不过这只是我个人的意见，自己避开戏园就是了，也本不必大声疾呼，想去警世传道，因为如上文所说，趣味感觉各人不同，往往非人力所能改变，固不特鸦片小脚为然也。但是现在情形有点不同了，自从无线电广播发达以来，出门一望但见四面多是歪斜碎裂的竹竿，街头巷尾充满着非人世的怪声，而其中以戏文为多，简直使人无所逃于天地之间，非硬听京戏不可，此种压迫实在比苛捐杂税还要难受。中国不知从哪一年起，唱歌的技术永远失传了，唐宋时妓女能歌绝句和词，明有擘破玉打草竿挂枝儿等，清朝窑姐儿也有窑调的小曲，后来忽地消灭，至今自上至下都只会唱戏，我无闲去打茶围，惭愧不知道八大胡同唱些什么，但看酒宴馀兴，士大夫无复念唐诗或试帖者，大都高歌某种戏剧一段，此外白昼无聊以及黑夜怕鬼的走路人口中哼哼有词，也全是西皮二黄而非十杯酒儿，可知京戏已经统制了中国国民的感情了。无线电台专门转播戏园里的音乐正无足怪，而且本是很顺舆情的事，不幸城门失火殃及池鱼，要叫我硬听这些我所不要听的东西，即使如德国老博士在旅馆一样用棉花塞了耳朵孔也还是没用，有时真使人感到道地的绝望。俗语云，黄连树下弹琴，苦中作乐。中国人很有这样精神，大家装上无线电，那些收音机却似乎都从天桥地摊上买来的，恐怕不过三四毛一个，发出来的声音老是那么古怪，似非人间世所有。这不但是戏文，便是报告也都是如此，声音苍哑涩滞，声调局促呆板，语句固然难听懂，只觉得嘈杂不好过。看画报上所载，电台里有好几位漂亮的女士管放送的事，不知道什么时候才开口，为什么我们现在所听见的总是这样难听的古怪话呢。我有时候听了不禁消极，心想中国话果真是如此难听的一种言语么？我不敢相信，但耳边听着这样的话，实在觉得十分难听。我想到，中国现今各方面似乎都缺少人。我又想到，中国接收外来文化往往不善利用，弄得反而丑恶讨厌。无线电是顶好的一个例。这并不限定是北平一地方的事，但是因北平的事实而感到，所以也就算在他的账上了。

总而言之，我对于北平大体上是很喜欢的，他的气候与人情比别处要好些，宜于居住，虽然也有缺点，如无线电广播的难听，其次是多风尘，变成了边塞。这真是一把破椅子了，放在门外边，预备给打小鼓的拿去，这个时候有人来出北平特辑，未免有点不识时务吧，但是我们在北平的人总是很感激的，我之不得不于烦忙中特为写此小文者盖亦即以表此感激之意也。

廿五年五月九日，于北平。

希腊人的好学

看英国瑞德的《希腊晚世文学史》，第二章讲到欧几里得[1]（Euclid）云：

在普多勒迈一世时有一人住在亚力山大城，他的名字是人人皆知，他的著作至少其一是举世皆读，只有圣书比它[2]流传得广。现在数学的教法有点变更了，但著者还记得一个时代，那时欧几里得与几何差不多就是同意语，学校里的几何功课也就只是写出欧几里得的两三个设题而已。欧几里得，或者写出他希腊式的原名欧克莱德思(Eukleides)，约当基督二百九十年前生活于亚力山大城，在那里设立一个学堂，下一代的贝耳伽之亚波罗纽思即他弟子之一人。关于他的生平与性格我们几于一无所知，虽然有他的两件轶事流传下来，颇能表示出真的科学精神。其一是说普多勒迈问他，可否把他的那学问弄得更容易些，他回答道，大王，往几何学去是并没有御道的。又云，有一弟子习过设题后问他道，我学了这些有什么利益呢？他就叫一个奴隶来说道，去拿两角钱来给这厮，因为他是一定要用他所学的东西去赚钱的。后来他的名声愈大，人家提起来时不叫他的名字，只说原本氏（Stoikheiotes）就行，亚剌伯人又从他们的言语里造出一个语源解说来，说欧几里得是从乌克里（阿剌伯语云钥）与地思（度量）二字出来的。

后边讲到亚奇默得（Archimedes），又有一节云：

亚奇默得于基督二八七年前生于须拉库色，至二一二年前他的故乡被罗马所攻取，他叫一个罗马兵站开点，不要踹坏地上所画的图，遂被杀。起重时用的滑车，抽水时用的螺旋，还有在须拉库色被围的时候所发明的种种机械，都足证明他的实用的才能，而且这也是他说的话：给我一块立足的地方，我将去转动这大地。但他的真的兴趣是在纯粹数学上，自己觉得那圆柱对于圆球是三与二之比的发明乃是他最大的成功。他的全集似乎到四世纪还都存在，但是我们现在只有论平面平衡等八九篇罢了。

苏俄类佐夫等编的《新物理学》中云：

距今二千二百年前，力学有了一个伟大的进步。古代最大的力学者兼数学者亚奇默得在那时候发明了约四十种的力学的器具。这些器具中，有如起重机，在建筑家屋或城堡时都是必要，又如抽水机，于汲井水泉水也是必要的，但其大多数却还是供给军事上必要的各种的器具。

须拉库色与其强敌罗马抗战的时候，兵数比罗马要少得多，但因为有各色的石炮，所以能够抵抗得很久。在当时已经很考究与海军争斗的各种[3]手段了。如敌船冒了落下来的石弹向着城墙下前进，忽然墙上会出现杠杆，把上头用铁索系着的铁钩对了敌船抛去，在帆和帆索上钩住。于是因了墙后的杠杆的力将敌船拉上至相当高度，一刹那间晃荡一下便把它摔出去。船或者沉没到海里去，或是碰在岩石上粉碎了。

这些玩艺儿自然也是他老先生所造的了，但是据说他自己颇不满意，以为学问讲实用便是不纯净，所以走去仍自画他的图式，结果把老命送在里头（享年七十五），这真不愧为古今的书呆子了。

后世各部门的科学几乎无不发源于希腊，而希腊科学精神的发达，却实在要靠这些书呆子们。柏拉图曾说过，好学（To philomathes）是希腊人的特性，正如好货是斐尼基人与埃及人的特性一样。他们对于学，即知识，很有明其道不计其功的态度。英国部丘教授在《希腊的好学》这篇讲义里说道：

> 自从有史以来，知这件事，在希腊人看来似乎它本身就是一件好物事，不问它的所有的结果。他们有一种眼光锐利的，超越利益的好奇心，要知道大自然的事实，人的行为与工作，希腊人与外邦人的事情，别国的法律与制度。他们有那旅人的心，永远注意着观察记录一切人类的发明与发见。

又云：

> 希腊人敢于发为什么的疑问。那事实还是不够，他们要找寻出事实（To hoti）后面的原因（To dioti）。对于为什么的他们的答案常是错误，但没有忧虑踌躇，没有牧师的威权去阻止他们冒险深入原因的隐秘区域里去。在抽象的数学类中，他们是第一个问为什么的，大抵常能想到正确的答案。有一件事是古代的中国印度埃及的建筑家都已知道的，即假如有一个三角，其各边如以数字表之为三与四与五，则其三与四的两边当互为垂直。几个世纪都过去了，未见有人发这问题：为什么如此？在基督约千一百年前中国一个

皇帝周公所写的一篇对话里（案这是什么文章一时记不得，也不及查考，敬候明教），他自己也出来说话，那对谈人曾举示他这有名的三角的特性。皇帝说，真的，奇哉！但他并不想到去追问其理由。这惊奇是哲学所从生，有时却止住了哲学。直到希腊人在历史上出现，才问这理由，给这答案。总之，希腊的几何学是人类思想史上的一件新东西。据海罗陀多思说，几何学发生于埃及，但那是当作应用科学的几何学，目的在于实用，正如在建筑及量地术上所需要的。理论的几何学是希腊人自己创造出来的。它的进步很快，在基督前五世纪中，欧几里得的《原本》里所收的大部分似乎都已具备明确的论理的形式。希腊人所发见的那种几何学很可表示那理想家气质，这在希腊美术文艺上都极明显易见的。有长无广的线，绝对的直或是曲的线，这就指示出来，我们是在纯粹思想的界内了。经验的现实状况是被搁置了，心只寻求着理想的形式。听说比达戈拉思因为得到一个数学上的发见而大喜，曾设祭谢神。在古代文明里，还有什么地方是用了这样超越利害的热诚去追求数学的呢？

我这里抄了许多别人的文章，实在因为我喜欢礼赞希腊人的好学。好学亦不甚难，难在那样的超越利害，纯粹求知而非为实用。——其实，实用也何尝不是即在其中。中国人专讲实用，结果却是无知亦无得，不能如欧几里得的弟子赚得两角钱而又学了几何。中国向来无动植物学，恐怕直至传教师给我们翻译洋书的时候。只在《诗经》《离骚》《尔雅》的笺注，地志，农家医家的书里，有关于草木虫鱼的记述，但终于没有成为独立的部门，这原因便在对于这些东西缺乏兴趣，不真想知道。本来草木虫鱼是天地万物中最好玩的东西，尚且如此，更不必说抽象的了。还有一件奇怪的事，中国格物往往等于谈玄，有些在前代弄清楚了的事情，后人反而又胡涂起来，如螟蛉负子，梁朝陶弘景已不相信，清朝邵晋[④]涵却一定说是祝诵而化。又有许多伦理化的鸟兽生活传说，至今还是大家津津乐道，如乌反哺，羔羊跪乳，枭食母等。亚里士多德比孟子还大十岁，已著有《生物史研究》，据英国胜家博士在《希腊的生物学与医学》上所说，他记述好些动物生态与解剖等，证以现代学问都无差谬，又讲到头足类动物的生殖，这在欧洲学界也到了十九世纪中叶才明白的。我们不必薄今人而爱古人，但古希腊人之可钦佩却是的确的事，中国人如能多注意他们，能略学他们好学求知，明其道不计其功的学风，未始不是好事，对于国家教育大政方针未必能有补救，在个人正不妨当作寂寞的路试去走走耳。

廿五年八月。

【锺校】

①“欧几里得”原作“欧几里特”，改使与下文一致。

②“它”原作“他”。

③原无“种”字，今增。

【鄢校】

④“晋”原作“景”。

谈“七月在野”

小时候读《诗经》，最喜欢《豳风》里的《七月》与《东山》两篇。郝兰皋著《诗说》卷上云：

《七月》诗中有画，《东山》亦然。

实在说得极好。但是《诗经》没有好的新注释本，读下去常有难懂处，有些是训诂，有些难懂的却是文章。如《七月》第五章云：

五月斯螽动股，六月莎鸡振羽。七月在野，八月在宇，九月在户，十月蟋蟀入我床下。穹室熏鼠，塞向墐户。嗟我妇子，曰为改岁，入此室处。

这里“七月在野”三句实在不容易了解，句意本来明白，就只不知道这在野的是什么。古来的解说也很不一样，郑氏笺云：

自七月在野至十月入我床下，皆谓蟋蟀也。言三物之如此，著将寒有渐，非卒来也。

孔氏《正义》云：

以入我床下是自外而入，在野在宇在户从远而至于近，故知皆谓蟋蟀也。退蟋蟀之文在十月之下者，以人之床下非虫所当入，故以虫名附十月之下，所以婉其文也。户宇言在，床下言入者，以床在其上，故变称入也。《月令》季夏云蟋蟀居壁，是从壁内出在野。

严氏《诗辑》与郝氏《诗问》也都如此说，这可以称作甲说。朱氏《集传》可称乙说，说得最是奇怪：

斯螽、莎鸡、蟋蟀，一物随时变化而异其名。动股，始跃而以股鸣也。振羽，能飞而以翅鸣也。宇，檐下也。暑则在野，寒则依人。

但是这显然不合事理，后人多反对者，最利害的要算是毛西河。《毛诗写官记》卷二云：

六月莎鸡振羽，十月蟋蟀入我床下。甲曰，莎鸡蟋蟀本一物而殊其名，敢取是？

写官曰，莎鸡，络纬也，即俗称纺妇者也。蟋蟀，促织也，即俗称绩妇者也。非一物矣。莎鸡声沙然，又以及时而鸣也，鸡鸣必以时，故曰鸡也。蟋蟀声悉然，然又能帅之以斗，故名蟀。陆氏云，蟀即蜚。

敢取是，七月在野，八月在宇，九月在户，

何谓也？岂一物而异其处欤，抑群物者欤？夫既一物而三名焉矣，则夫在野者之为何名也，在宇在户者又何也？且夫一物而既动股又振羽，则必以时变焉耳，在野之后其以时变耶，抑犹然振羽者耶，抑犹非耶？天下有词之蒙义之瀻如是者哉？

曰，非也。此言农人居处之有节耳，夏则露居，及秋而渐处于内也。西成早晚，刈获有时，或檐或户，于焉聚语耳，故下即云十月之后当蟋蟀入床之际，而其为居又已异也。昔在户，今墐户也。昔在宇，今将在室也。若以为莎鸡然也，则络纬无入户宇者。以为蟋蟀然，则《月令》季夏之月即已蟋蟀居壁矣，安得七月尚在野？

西河驳朱传极妙，但自己讲解莎鸡蟋蟀亦殊欠妥，鸡字蟀字之说尤为牵强，关于此点不及郝氏远甚。《诗说》卷上云：

斯螽、莎鸡、蟋蟀，《集传》云，一物随时变化而异名，窃恐未安。斯螽即螽斯，《周南》既云蝗属，《召南》“草虫”亦云蝗属，又云，阜螽，蠜也，此用《尔雅》文。陆玑云，今人谓蝗子为螽子。陆佃云，今谓之蚱蜢，亦跳亦飞，飞不能远。然则螽斯、草虫、阜螽本一物，性好负，故《尔雅》谓草虫负蠜也。莎鸡者，陆玑云，如蝗而斑色，毛翅数重，其翅正赤，六月中飞而振羽，索索作声。愚谓索索犹莎莎也，今俗谓之沙沙虫，沙与莎声转耳。然则名莎鸡者或此虫，喜藏莎草[①]中，抑或飞时莎莎作声，皆未可知。蟋蟀者促织也，暑则在野，寒则依人，惟蟋蟀如此，今验之良然，彼二虫者不能也。且斯螽、莎鸡亦无变化蟋蟀之理。

郑康成曰，自七月在野至十月入我床下，皆谓蟋蟀也，言此三物之如此者，著将寒有渐，非卒来也。愚谓既云三物，则不得谓之一物矣，窃疑郑笺极分明，宜从之。《集传》或未及改订耳。

郝氏依郑笺之说，而辨别三虫极为详明，最为可取。西河在《白鹭洲主客说诗》又有一节，积极地说明他的主张，说在野云云是指豳民的居处有节：

庚曰，朱氏以格物自命，特其说诗则往往[②]有可疑者，如斯螽、莎鸡、蟋蟀随时变化，一物而异其名，则向曾验之，并不其然。特七月在野，八月在宇，九月在户，十月蟋蟀入我床下，此四句不可解耳。

曰，有何难解，人自不读书耳。予向听写官说此诗，谓蟋蟀季夏即居壁，络纬至死不入户，此但言农夫出入之节，夏则露居，及秋而渐处于内，或檐或户，农隙聚语，至蟋蟀入床之后，而在户者今墐户，在宇者将在室，其候如此。

向写官说诗未尝引据，人或以杜撰置之，不知此《汉书》也。《汉书[③]·食货志》云，春令民毕出在野，冬则毕入于邑。其出也则如《诗》曰，四之日举趾，同我妇子，馌彼南亩。其入也，则如《诗》曰，十月蟋蟀入我床下，嗟我妇子，曰为改岁，入此室处。又曰，春将出民，里胥平旦坐于右塾，邻长坐于左塾，毕出然后归，夕亦如之。冬民既入，妇人同巷相从夜绩，女工一月得四十五日，必相从者，所以省燎火，同巧拙而合习俗也。然则《汉书》所志与写官相证如此。人苟善读书，何在非汉学耶。

这里引《汉书》说得很巧妙，但是我怀疑《汉书》里所说就未必是事实，大约只是读书人的一种想像[④]罢了。范蘅洲著《诗瀋》卷十有云：

斯螽、莎鸡、蟋蟀非一物而随时变化者。斯螽、蜙蝑，即蚱蜢。莎鸡，络纬，即织妇。蟋蟀，促织也。三者皆草虫，而促织化生不一，不尽依草，在野在宇在户在床下，惟蟋蟀为然。洪氏迈曰，此二句本言豳民出入之时，郑氏并入蟋蟀中，正已不然，盖豳民戒寒之语也。

由此可知西河之说盖本于洪氏，不过更详细说明一下而已。《毛诗写官记》前引二节有秦乐天附语云：

斯螽、莎鸡、蟋蟀本非一物，且从不变化，此考之前书与验之所见，其乖谬不待言也。即以诗体言之，《七月》凡八章，每章以天时人事相间成文，凡作两层，岂有此章独自五月至十月单指时物，且单指一物而毫不及人事之理。况入室承宇户，次第秩然，其以七月在野承六月莎鸡振羽，犹上章八月其获承五月鸣蜩耳。不善读书，相沿贸贸，得此旷然若发蒙矣。

此从文体上来证明西河之说，也颇有趣味，不过他的证据恐亦不十分确实，盖在《国风》里未必真有那么严密的章法存在也。以上是关于《七月》的丙说，是以毛西河为主的。

姚首源的算是丁说，见于所著《诗经通论》卷八。他解释五月至十月这六句很是特别：

首言斯螽莎鸡，末言蟋蟀，中三句兼三物言之，特以斯螽莎鸡不入人床下，惟蟋蟀则然，故点蟋蟀于后。古人文章之妙不顾世眼如此，然道破亦甚平浅，第从无人能解及此，则使古人平浅之文变为深奇矣。

郑氏曰，自七月在野至十月入我床下，皆谓蟋蟀也。笨伯哉。后人皆从之，且有今世自诩为知文者，谓七月三句全不露蟋蟀字，于下始出，以为文字之奇，则又痴叔矣。

罗愿曰，莎鸡鸣时正当络丝之候，故《豳诗》云，六月莎鸡振羽，七月在野，八月在宇，九月在户也。此又以七月三句单承莎鸡言，益不足与论矣。

《集传》曰，斯螽、莎鸡、蟋蟀，一物随时变化而异其名。按陆玑云，斯螽，蝗类，长而青，或谓之蚱蜢。莎鸡色青褐，六月作声如纺丝，故又名络纬。（今人呼纺绩娘。）若夫蟋蟀，则人人识之。几曾见三物为一物之变化乎？且《月令》六月蟋蟀居壁，《诗》言六月莎鸡振羽，二物同在六月，经传有明文，何云变化乎？依其言则必如诗五月之斯螽六月变为莎鸡，七月变为蟋蟀，整整一月一变乃可，世有此格物之学否？

罗端良所说见于《尔雅翼》卷二十五，似可列为异说之一，唯同卷蟋蟀条中又用郑笺原文，谓七月至十月皆谓蟋蟀，又申明之曰：

说者解蟋蟀居壁引诗七月在野，以为不合，今蟋蟀有生野中及生人家者，至岁晚则同耳。

孔疏欲弥缝二说乃云："是从壁内出在野"，未免可笑，罗说自为胜，但云在野外的蟋蟀至岁暮也搬进人家里来亦未必然。罗氏对于七月三句盖无一定意见，似以为并属莎鸡蟋蟀，然则大体还是与姚首源相近，评为益不足与论，过矣。

末了还有戊说可以举出来，乃是乾隆的御说，见于《御纂诗义折中》卷九。上边仍说在野在宇在户入床下者皆蟋蟀也，后面却又说道：

> 圣人观物以宜民，一夫授五亩之宅，其半在田，其半在邑，春令民毕出，如在野而动股振羽也，冬令民毕入，如在宇在户而入床下也。豳民习此久矣。

其意盖欲调和郑笺与毛说而颇为支离，道光年间刻《诗经通论》时，编校者遂增入此条，说明之曰："七月在野三句应兼指农人栖息而言，方有意味。"其实据我看来却毫无意味，倒还不如让他分立，或郑或毛都可以说得过去，更不必硬要拉拢来做傻表叔也。

总结以上所说，古来对于"七月在野"三句的解释大抵共有五派，列举于下：

一，甲派，郑玄说，皆谓蟋蟀。

二，乙派，朱熹说，斯螽、莎鸡、蟋蟀一物随时变化而异其名。但似未说明七月至九月该虫是何名也。

三，丙派，毛奇龄说，言农人居处之有节。

四，丁派，姚际恒说，兼三物言之。

五，戊派，乾隆说，皆谓蟋蟀，又兼指农人栖息而言。似谓《七月》诗皆赋体，唯此章前六句乃是赋而比也，后五句却又是赋了。

这五派又可以归并作两类，即一是指物的，甲乙丁三派属之，一是指人的，丙派属之，戊派则是蝙蝠似的，虽然能飞终是兽类，恐怕只能仍附第一类下罢。指人指物都讲得通，郑康成毛西河所说均干净简单，不像别人的牵强，朱晦庵固然谬误，即姚首源亦未免支离，而乾隆拖泥带水的话更可以不提了。由我看来还觉得郑氏说最近是。孔氏《正义》像煞有介事的讲究文法，虽然也很好玩，于阐明诗义别无多大用处。自夏至秋，听得虫声自远而近，到末了连屋里也有叫声，这样情景实是常有，诗中所写仿佛如此。“十月蟋蟀入我床下”，这八字句我读了很是喜欢，但看到主观的一“我”字又特别有感触，觉得这与平常客观地描写时物有点不同，不过说来又容易流于穿凿，所以可不多谈，以免一不小心蹈了乾隆的覆辙也。

我在这里深切地感到的是国故整理之无成绩，到了现在还没有一本重要的古书整理出来，可以给初学看看。古书里的《诗经》与《论语》《庄子》《楚词》，似乎都该有一部简要的新注，一部完备的集注，这比牛[5]角湾的研究院工作似乎不高尚，但是更为有益于人。假如有了这样的书，那么这七月在野的疑问早就可以在那里去找得解答，不至于像现在的要去东翻西查而终于得不了要领了。

廿五年五月。

【锺校】

①“草”原作“声”。

②“往往”原作“往”。

③原无“书”字，今增。

④“像”原作“想”。

⑤原“牛”字处空缺，今补。

《常言道》

十天前我写一封信给一位朋友，说在日本文化里也有他自己的东西，讲到滑稽小说曾这样说道：

江户时代的平民文学正与明清的俗文学相当，似乎我们可以不必灭自己的威风了，但是我读日本的所谓滑稽本，还不能不承认这是中国所没有的东西。滑稽，——日本音读作kokkei，显然是从太史公的《滑稽列传》来的，中国近来却多喜欢读若泥滑滑的滑了！据说这是东方民族所缺乏的东西，日本人自己也常常慨叹，惭愧不及英国人。这所说或者不错，因为听说英国人富于“幽默”，其文学亦多含幽默趣味，而此“幽默”一语在日本常译为“滑稽”，虽然在中国另造了这两个译音而含别义的字，很招了人家的不喜欢，有人主张改译“酉靺”，亦仍无济于事。且说这滑稽本起于文化文政（一八〇四至二九）年

> 间，全没有受着西洋的影响，中国又并无这种东西，所以那无妨说是日本人自己创作的玩意儿，我们不能说比英国小说家的幽默何如，但这总可证明日本人的幽默趣味要比中国人为多了。我将十返舍一九的《东海道中膝栗毛》（膝栗毛者以脚当马，即徒步旅行也），式亭三马的《浮世风吕》与《浮世床》（风吕者澡堂，床者今言理发处。此种汉字和读虽似可笑，世间却多有，如希腊语帐篷[①]今用作剧场的背景，跳舞场今用作乐队是也）放在旁边，再一一回忆我所读过的中国小说，去找类似的作品，或者一半因为孤陋寡闻的缘故，一时竟想不起来。

当时我所注意的是日本从“气质物”（katagimono，characters）出来的，写实而夸张的讽刺小说，特别是三马的作品，差不多全部利用对话，却能在平凡的闲话里藏着会心的微笑，实在很不容易，所以我举出《西游记》《儒林外史》，以至《何典》《常言道》，却又放下，觉得都不很像，不能相比。但若是单拿这几部书来说，自然也各有他们的好处，不可一笔抹杀。现在单说《何典》与《常言道》，我又想只侧重后者，因为比较不大有人知道。《常言道》有嘉庆甲子（一八〇四）光绪乙亥（一八七五）两刻本，《何典》

作者是乾嘉时人，书至光绪戊寅（一八七八）始出版，民国十五年又由刘半农先生重刊一次，并加校注，虽然我所有的一册今已不见，但记得的人当甚不少也。

本来讲起这些东西，至少总得去回顾明季一下，或者从所谓李卓吾编的《开卷一笑》谈起，但是材料还不易多找，所以这里只得以乾嘉之际为限。这一类的书通行的有下列几种，今以刊行年代为序：

一、《岂有此理》四卷，嘉庆己未（一七九九）。

二、《更岂有此理》四卷，嘉庆庚申（一八〇〇）。

三、《常言道》四卷，嘉庆甲子（一八〇四）。

四、《何典》十回，乾嘉时人作。

五、《皆大欢喜》四卷，道光辛巳（一八二一）。

六、《文章游戏》四集各八卷，初集嘉庆癸亥（一八〇三），四集道光辛巳（一八二一）出版。这里边以《文章游戏》为最有势力，流通最广，可是成绩似乎也最差，这四集刊行的年月前后垂二十年，我想或者就可以代表谐文兴衰的时代吧。《岂有此理》与《更岂有此理》二集，论内容要比《文章游戏》更佳，很有几篇饶有文学的风味。《皆大欢喜》卷二《韵鹤轩杂著》下有《跋岂有此理》云：

《岂有此理》者吾友周君所著，书一出即脍炙人口，周君殁，其家恐以口过致冥责，遂毁其板，欲购而不可得矣。余于朱君案头见之，惜其庄不胜谐，雅不化俗，务快一时之耳目，而无以取信于异日，然如《谐富论》《良心说》二作已为《常言道》一书所鼻祖，则知周君者固尚留馀地，犹未穷形极相也。

又《跋梦生草堂纪略后》云：

周子《梦生草堂纪略》述剑南褚钟平弱冠读《西厢记》感双文之事，思而梦，梦而病，病而垂死。……

卷四《韵鹤轩笔谈》下，《觞佐》中有云：

周竹君著《人龟辨》一首，以龟为神灵之物，若寡廉鲜耻之辈，不宜冒此美名，遂以乌龟为污闺之讹，究是臆说。

又云：

《常言道》中以吴中俚语作对，如大妈霍落落，阿姨李萑萑，固属自然，余因仿作数联，以资一笑。

查《岂有此理》卷二有《人龟辨》，卷三有《梦生草堂纪略》，可知此书作者为周竹君，虽此外无可查考，但此类书署名多极诙诡，今乃能知其姓名，亦已难得了。又据上文得略知《常言道》与《岂有此理》的关系，鼻祖云云虽或未必十分确实，却亦事出有因，《谐富》《良心》二文对于富翁极嬉笑怒骂之致，固与《常言道》之专讲小人国独家村柴主钱士命的故事同一用意，第三回描写钱士命的住宅有云：

> 堂屋下一口天生井，朝外挂一顶狒轴，狒轴上面画的是一个狒狒，其形与猩猩相似，故名曰假猩猩。两边挂着一副对联，上联写着大姆哈落落，下联写着阿嬘俚沮沮。梁上悬着一个杜漆扁额，上书梦生草堂四字。

这里梦生草堂的意思虽然不是一样，却正用得相同，似非偶然。下文叙梦生草堂后的自室云：

> 自室中也有小小的一个扁额，题我在这庐四字，两边也挂着一副对联，上联写着青石屎坑板，下联写着黑漆皮灯笼。

第十五回中则云后来对联换去，改为大话小结果，东事西出头二句，《觞佐》所记俚语对百六联，这两副却都写在里头，《更岂有此理》卷三有俗语对，共一百八十四联，这与做俗语诗的风气在当时大约都很盛，而且推广一步看去，谐文亦即是这种集俗语体的散文，《常言道》与《何典》则是小说罢了。这种文章的要素固然一半在于滑稽讽刺，一半却也重在天然凑泊，有行云流水之妙，——这一句滥调用在这里却很新很切贴，因为这就是我从前为《莫须有先生》作序时所说水与风的意思。《常言道》的西土痴人序有云：

处世莫不随机应变，作事无非见景生情。

又云：

别开生面，止将口头言随意攀谈，屏去陈言，只举眼前事出口乱道。言之无罪，不过巷议街谈，闻者足戒，无不家喻户晓。虽属不可为训，亦复聊以解嘲，所谓常言道俗情也云尔。

《何典》著者过路人自序云：

无中生有，萃来海外奇谈，忙里偷闲，架就空中楼阁。全凭插科打诨，用不着子曰诗云，讵能嚼字咬文，又何须之乎者也。不过逢场作戏，随口喷蛆，何妨见景生情，凭空捣鬼。一路顺手牵羊，恰似拾蒲鞋配对，到处搜须捉虱，赛过挖迷露做饼。

这里意思说得很明白。《岂有此理》序后钤二印，一曰逢场作戏，一曰见景生情。《更岂有此理》序云：

一时高兴，凑成枝枝节节之文，随意攀谈，做出荒荒唐唐之句。点缀连篇俗语，尽是脱空，推敲几首歪诗，有何来历。付滥调于盲词，自从盘古分天地，换汤头于小说，无非依样画壶卢。嚼字咬文，一相情愿，插科打诨，半句不通。无头无脑，是赶白雀之文章，说去说来，有倒黄霉之意思。纵奇谈于海外，乱坠天花，献丑态于场中，现成笑话。既相仍乎岂有此理之名，才宽责于更其不堪之处。亦曰逢场作戏，偶尔为之，若云出口伤人，冤哉枉也。

他们都喜欢说逢场作戏云云，可见这是那一派的一种标语，很可注意。普通像新旧官僚似的苟且敷衍，常称曰逢场作戏，盖谓有如戏子登台，做此官行此礼，在后台里还是个滥戏子也。这里却并不同，此乃是诚实的一种游戏态度，有如小孩的玩耍，忽然看见一个土堆，不免要爬了上去，有一根棒，忍不住要拿起来挥舞一回，这是他的快乐的游戏，也即是他诚实的工作，其聚精会神处迥出于职业的劳作之上，更何况职业的敷衍乎。这才是逢场作戏，也可以说就是见景生情，文学上的游戏亦是如此。《常言道》第七回的回目云：

化僧饱暖思行浴，印诡饥寒起道心。

我们看了觉得忍俊不禁，想见作者落魄道人忽然记起这两句成语，正如小孩见了土堆，爬山的心按捺不住了，便这么的来他一下子，“世之人见了以予言为是，无非点头一笑，以予言为非，亦不过摇头一笑”，也就都不管了。这样写法不能有什么好结构，在这一点真是还比不过同路的《何典》，但是那见景生情的意思我们也可以了解，用成语喜双关并不是写文章必然的义法，但偶见亦复可喜，如沙士比亚与兰姆何尝被人嫌憎，不过非其人尤其是非其时的效颦乃是切忌耳。吴中俗语实在太多太好了，难怪他们爱惜想要利用，虽然我读了有些也不懂，要等有研究的笃学的注释。《何典》作者为上海张南庄，《常言道》序作于虎阜，《岂有此理》作者周竹君是吴人，《皆大欢喜》序亦称是苏人所作，《文章游戏》的编者则仁和缪莲仙也，我们想起明末清初的冯梦龙金圣叹李笠翁诸人，觉得这一路真可以有苏杭文学之称，而前后又稍不同，仿佛是日本德川时代小说之京阪与江户两期。因此我又深感到中国这类文学的特色，其漂亮与危险，奉告非苏杭人，学也弗会，苏杭人现在学会了也没意思，所以都无是处。至于看看原本无妨，万一看了也会出毛病，那么看官本身应负其责，究竟看书的都已经不是摇篮里的小宝宝了，咀嚼尝味之力当自有之，若患不消化症便不能再多怪他人也。

二十五年七月十六日，于北平。

［补记］沈赤然《寒夜丛谈》卷三有一则云：

> 文士著述之馀，或陶情笔墨，记所见闻及时事之可悲可喜可惊可怪者，未为不可。自蒲松龄著《聊斋志异》，多借题骂世。于是汩[②]泥扬波之徒踵相接矣。近年《谐铎》一书，已如国狗之瘈，无不噬也，甚至又有《岂有此理》及《更岂有此理》等书名，谩谰秽亵，悖理丧心，非惟为枣梨之灾，实世道人心之毒药也。而逐臭诸君子方且家有一编，津津焉以资为谈柄，又何异承人下窍而叹其有如兰之臭耶。

沈梅村著作所见有《五砚斋文》及《寄傲轩读书随笔》三集，其人亦颇有见识者，此乃未免鄙陋，似并未见《岂有此理》等书，只因其题名诙诡，遂尔深恶痛绝，其实二书品位还当在《谐铎》之上，且其性质亦并不相同也。沈君承下窍云云，却颇有《谐铎》之流风，为不佞所不喜，惜乎作者不能自知耳。

廿五年九月八日记。

【锺校】

①"篷"原作"蓬"。

②"汩"原作"汨"。

《常谈丛录》

前日拿出孙仲容的文集《籀庼述林》来随便翻阅，看见卷十有一篇《与友人论动物学书》，觉得非常喜欢。孙君是朴学大师，对于他的《周礼》《墨子》的大著我向来是甚尊敬却也是颇有点怕的，因为这是专门之学，外行人怎么能懂，只记得《述林》中有记印度麻的一篇，当初读了很有意思。这回见到此书，不但看出著者对于名物的兴趣，而且还有好些新意见，多为中国学者所未曾说过的。文云：

动物之学为博物之一科，中国古无传书。《尔雅》虫鱼鸟兽畜五篇唯释名物，罕详体性。《毛诗陆疏》旨在诂经，遗略实众。陆佃郑樵之伦，摭拾浮浅，同诸自郐。……至古鸟兽虫鱼种类今既多绝灭，古籍所记尤疏略，非徒《山海经》《逸周书[①]·王会》所说珍禽异兽荒远难信，即《尔雅》所云比肩民比翼鸟之等咸不为典要，而《诗》《礼》所云螟蛉蜾蠃，腐草为萤，以逮鹰鸠爵蛤之变化，稽核物性亦殊为疏阔。……今动物学书说诸虫兽，有足者无多少皆以偶数，绝无三足者，而《尔雅》有鳖三足能，龟三足贲，殆皆传之失实矣。……中土所传云龙风虎休征瑞应，则揆之科学万不能通，今日物理既大明，固不必曲徇古人耳。

一个多月以前我在《希腊人的好学》这篇小文里曾说：

中国向来无动植物学，恐怕直至传教师给我们翻译洋书的时候。只在《诗经》《离骚》《尔雅》的笺注，地志，农家医家的书里，有关于草木虫鱼的记述，但终于没有成为独立的部门，这原因便在对于这些东西缺乏兴趣，不真想知道。本来草木虫鱼是天地万物中最好玩的东西，尚且如此，更不必说抽象的了。还有一件奇怪的事，中国格物往往等于谈玄，有些在前代弄清楚了的事情，后人反而又糊涂起来，如螟蛉负子，梁朝陶弘景已不相信，清朝邵晋涵却一定说是祝诵而化。又有许多伦理化的鸟兽生活传说，至今还是大家津津乐道，如乌反哺，羔羊跪乳，枭食母等。

现在从《述林》里见到差不多同样的话，觉得很是愉快，因为在老辈中居然找到同志，而且孙君的态度更为明白坚决，他声明不必曲徇古人，一切以科学与物理为断，这在现代智识界中还不易多得，此所以更值得我们的佩服也。

我平常看笔记类的闲书也随时留意，有没有这种文章，能够释名物详体性，或更进一步能斟酌情理以纠正古人悠谬的传说的呢。并不是全然没有，虽然极少见。李登斋著《常谈丛录》九卷，有道光二十八年序，刻板用纸均不佳，却有颇好的意见，略可与孙君相比。其例言之二有云：

> 是书意在求详，故词则繁而不杀；纪唯从实，故言必信而有征。

这颇能说出他的特色来，盖不盲从，重实验，可以说是具有科学的精神也。卷一有《蛇不畏雄黄》一则云：

> 蛇畏雄黄，具载诸医方本草，俱无异辞。忆嘉庆庚辰假馆于分水村书室，有三尺长蛇来在厨屋之天井中，计取之，以长线缚其腰而悬于竿末，若钓鱼然，蜿蜒宛转，揭以为戏。因谓其畏雄黄，盍试之，觅得明润雄黄一块，气颇酷烈，研细俾就蛇口，殊不曲避，屡伸舌舐及之，亦无

所苦。如此良久，时方朝食后也，傍晚蛇犹活动如故，乃揭出门外，缚稍缓，入于石罅而逝。然则古所云物有相制，当不尽然也。又尝获一活蜈蚣长四五寸，夹向大蜒蚰，至口辄钳之不释，蜒蚰涎涌质缩且中断。是蜒蚰能困蜈蚣而为其所畏，其说载于宋蔡絛《铁围山丛谈》者，俱未足信。凡若此类，苟非亲试验之，亦曷由而知其不然也。

又卷六有《虎不畏伞》一则云：

《物理小识》云，行人张盖而虎不犯者，盖虎疑也。《升庵外集》亦云虎畏伞，张向之不敢犯。以予所闻则不然。上杨村武生杨昂青恒市纸于贵溪之[2]栗树山，邻居有素习老儒某馆于近村，清明节归家展墓毕欲复往，时日将晡又微雨，杨劝使俟明晨，谓山有虎可虞也。某笑曰，几见读书人而罹虎灾者乎，竟张伞就道。雨亦暂止，杨与二三侪伍送之，见其逾田陇过对面山下，沿山麓行，忽林中有虎跃出，作势蹲伏于前，某惊惶旋伞自蔽，虎提其伞掷数十步外，扑某于地，曳之入林去。众望之骇惧莫能为，驰告其家，集族人持械往觅不可得，已迫暮复雨，姑返，次日得一足掌于深山中，是虎食所馀也，拾而葬之。此杨亲为予言者。由此观之，虎固未尝疑畏于张盖也。又由此而推之，则凡书籍所载制御毒暴诸法之不近理者，岂可尽信耶。

杨升庵方密之都是古之闻人，觉得他们的话不尽可信，已是难得，据陆建瀛序文说，李君是学医的人，对于医方本草却也取怀疑的态度，更是常人所不易及了。其记述生物的文章，观察亦颇细密，如卷七《小蚌双足》一则，可为代表，其文云：

春夏之交，溪涧浅水中有蚌蛤，如豆大，外黑色，时张其壳两扇若翼，中出细筋二条，如绣线，长几及寸，淡红色可爱。其筋下垂，能蹀躞行沙泥上甚驶，盖以之为足也。稍惊触之，即敛入壳，阖而卧不动，俄复行如前。抄逐而捉搦之，则应手碎，与泥滓混融不可辨，以其质微小而脆薄故也。水田内亦间有之，老农云，是取陂池底积淤以肥田，挟与俱来，其实蚌子不生育于田也。计惟以杯瓢轻物侧置水中，手围令入而仰承之，连取数枚，带水挈归，养以白瓷盆盎，列几间殊可玩。其行时壳下覆，不审红筋如何缀生，蚌蛤稍大者即无之，亦不知何时化有为无，意或如蝌蚪有尾，至其时尾自脱落化成虾蟆也。四虫各三百六十，而介虫类目前独少，蚌居介类之一，人知蚌之胎珠而不识蚌之胎子其孕产若何，古人书中皆未详载，是亦当为格物者所不遗也。

这篇小文章初看并不觉得怎么好，但与别的一比较便可知道。张林西著《琐事闲录》卷下有讲蜘蛛的一节云：

传闻蜘蛛能飞，非真能飞也，大约因衔丝借风荡漾，即能凌空而行。予前在杨桥曾于壁头起除蛛网一团，见有小蛛数十枚，衔断丝因风四散，大蛛又复吐丝，坠至半壁亦因风而起。前闻蜘蛛皆能御空，即此是也。

小蜘蛛乘风离窠四散，这是事实，见于法布耳的《昆虫记》，《闲录》能记录下来也是难得，但说衔丝亦仍有语弊，平常知道蚕吐丝，蜘蛛却是别从后窍纺丝，所以这里观察还有欠周密处。《丛录》说小蚌双足固然写得很精细，而此事实又特别有趣，今年夏天我的小侄儿从荷花缸里捉了几个小蛤蜊，养在小盆里，叫我去看，都小如绿豆，伸出两条脚在水中爬行，正如文中所叙一样，在我固是初见，也不知道别的书中有无讲到过。李君所写普通记述名物的小篇亦多佳作，《丛录》卷一有《画衫婆》一则云：

予乡溪涧池塘中常有小鱼，似鲫细鳞，长无

逾三寸者，通身皆青红紫横纹相间，映水视之，光采闪烁不定，尾亦紫红色，甚可观，俗名之曰画衫婆。肉粗味不美，外多文而内少含蕴，士之华者类是也。此鱼似为《尔雅》《诗虫鱼疏》以下诸书所不载。

这种鱼小时候也常看见，却不知其名，江西的这画衫婆的名字倒颇有风趣，《尔雅》《诗疏》古代诂经之书岂足与语此，使郝兰皋独立著书，仿《记海错》而作虫鱼志，当必能写成一部可读的自然书耳。

李登斋的意见不能全然脱俗，那也是无怪的，特别是关于物化这一类事，往往凭了传闻就相信了，如卷三有《竹化螳螂》一则，这在孙仲容当然是说“亦殊为疏阔”的。但有些地方也颇写得妙，卷一《青蛙三见》中说金溪县有青蛙神三，是司瘟疫的，常常出现，下文却又云：

大要其神不妄作威福，即有不知而轻侮之，甚至屠践之者，未尝降之以祸，谄事之者亦未得其祐助。

在作者并无成心，却说得很有点幽默，盖其态度诚实，同样地记录其见闻疑信，不似一般撰志异文章者之故意多所歪曲渲染也。

廿五年九月廿八日，在北平。

【镡校】

①“逸周书”原作“周书”。

②“之”原作“于”。

《常谈丛录》之二

今年夏天从隆福寺买到一部笔记，名曰《常谈丛录》，凡九卷，金溪李元复著，有道光廿八年陆建瀛序，小板竹纸，印刷粗恶，而内容尚佳，颇有思想，文章亦可读。卷三“女子裹足”一则有云：

> 女子裹足诸书虽尝为考证，然要皆无确据，究不知始于何时，其风至遍行天下，计当在千数百年之前耳。女子幼时少亦必受三年楚毒，而后得所谓如莲钩如新月者，作俑之人吾不知其历几万万劫受诸恶报，永无超拔也。其实女之美岂必在细足，古西施郑旦初不闻其以纤趾而得此美名也。满洲自昔无裹足之风，予间见其妇女出行，端重窈窕，较汉之蹑弓鞋步倾倚者转觉安详可悦，然则创此者真属多事也。

裹足这件事真大奇，不知何以那么久远地流行，也不知何时才能消灭。计自南宋至今已有七百年了，大家安之若素，很少有人惊怪，我看明末清初算是近世的思想解放时代，但顾亭林与李笠翁都一样的赞成或是不反对小脚，可见国人精神之欠健全了。只有做那《板桥杂记》的余澹心稍表示态度，他在替笠翁写的《闲情偶寄》序中本已说过：

独是冥心高寄，千载相关，深恶王莽王安石之不近人情，而独爱陶元亮之闲情作赋。

他有一篇《妇人鞋袜辨》附录在《偶寄》卷三中，开头便云：

古妇人之足与男子无异。

后又云：

宋元丰以前缠足者尚少，自元至今将四百年，矫揉造作，亦已甚矣。

其次是俞理初，他有很明达的思想，但想起来有点可笑，在《癸巳类稿》卷十三里有一大篇缠足考，却题名曰《书旧唐书舆服志后》。他简要地结论云“弓足出舞利屣”，说明道：

大足利屣，则屣前锐利有鼻而弓。古弓靴履，不弓足。南唐弓足，束指就屣鼻利处而纤向上。宋理宗时纤直，后乃纤向下。此其大略也。

又批判曰：

古有丁男丁女，裹足则失丁女，阴弱则两仪

不完。又出古舞屣贱服，女贱则男贱。女子心不可改者，由不知古大足时有贵重华美之履，徒以理折之不服也。

李君亦主张不裹足，其理由较为卑近，曰：

予谓当今不裹足殆有四善。从圣朝正大朴厚之风，无戾俗之嫌，一也。免妇女幼年惨痛之厄，二也。得操作奔走以佐男子之事，三也。提抱婴孩，安稳无倾跌之患，四也。人奈何无卓然之见，毅然为之哉。若以为细故，则安民之政细于此者多矣，岂通论乎。

李君盖深赞成满人不裹足的风俗，所以第一条是那样说法，他又猜想在清初当有过禁令，因故中止，说道：

意必有明之遗臣在位者，持因循之说相劝沮，固谓为闺阃闲情，无与于政治之大，遂亦听任之也，斯人真可谓无识矣。

这所推测的并不错，俞文中云：

本朝崇德三年七月有效他国裹足者重治其罪之制，后又定顺治二年以后所生女子禁裹足，康熙六年弛其禁。

又据《池北偶谈》卷三“八股”一则云：

康熙二年以八股制艺始于宋王安石，诏废不

用，科举改三场为二场，首场策五道，二场四书五经各论一首，表一道，判语五条，起甲辰会试讫丁未会试皆然。会左都御史王公熙疏请酌复旧章，予时为仪制员外郎，乃条上应复者八事，复三场旧制，其一也。尚书钱塘黄公机善之而不能悉行，乃止请复三场及宽民间女子裹足之禁，教官会试五次不中者仍准会试三事，皆得俞旨。馀五事后为台省次第条奏，以渐皆复，如宽科场处分条例，复恩拔岁贡，复生童科岁两考等是也。

原来这都是渔洋山人的主张，恢复考八股文与裹足，他的笔记杂文虽还有可观，头脑可是实在不行，真可称之曰无识。中国的文人与学者都一样的不高明，即在现今青年中似亦仍不乏爱好细足者，读余澹心俞理初的文章，殊有空谷足音之感，李登斋本无盛名而亦有此达识，更足使人佩服了。

《常谈丛录》记名物的文章亦多佳作，盖观察周到而见识足以副之。如卷四有“攒盒”一则云：

祝允明《猥谈》云，江西俗俭，果盒作数格，唯中一味或果或菜可食，馀悉充以雕木，谓之子孙果盒。今予乡尚有此，但同称攒盒，不闻有子孙果盒之名。其盒之精致者则不为木格而为纸胎灰漆碟，一圆碟居中，旁攒以扇面碟四五，或多至七八，外为一大盘统承之，形制圆，有盖，不用则覆之，髹画斑斓，足为供玩，中多设瓜子，贫乏家则以炸炒熟豆，所谓菜则干盐菜也。馀间充以不可食之果，如柏子梧子相思子之类，或亦用苏州油蜡采饰看果数色，雕木具绝少。若富室则糕饼果饵皆可食者，然亦第为观美，无或遍尝焉，究何异于雕木哉。予性雅不喜此，为其近于伪也。客至瀹茗清谈，佐以果食，即一二味亦可，正不贵多品，奈何使不堪入口而仅饫人目哉，斯已失款客之诚矣。妇女胶于沿习，虽相随设之，意终未善之也。

又卷六“鸟虫少”一则中云：

连岁荒歉，百物之产渐见亏缩，至道光十四年甲午而极。屋脊墙头恒终日无一禽鸟翔集，行山间二三里，或绝无飞鸣形声，回忆少时林间池畔，颉颃喧噪之景象，大不侔矣。水中鱼虾十仅一二，携渔具者每废然空归。凡春末交夏，入暮则蛙鸣聒耳，令人难寐，至此则几于寂静，火照渔蛙者寥寥。夏秋数月，苍蝇丛嘬，盘碗羹饭为黑，粪污器物密点如麻，至此则疏疏落落，一堂之内或不盈十。此数物者，并不资生于谷粟，若苍蝇又非可充人饱餐，而亦随凶年而减少，殆于仅存，岂非天地生生之气至此忽索然欲竭耶。

像这两篇文章，在普通笔记里也不大容易找到。攒盒各地多有，但只存于耳目之间，少见纪载，盖文人所喜谈者非高雅的诗文则果报与鬼怪耳，平常生活情形以及名物体性皆不屑言也。“鸟虫少”一节不但其事有意义，文章亦颇佳，如将这态度加以廓大，便可以写地方的自然史，虽不能比英国的怀德，亦庶几略得其遗意乎。近来[1]乱读清人笔记，觉得此类文字最不易得，李登斋的《丛录》在这点上其价值当在近代诸名流之上也。

廿五年十月三日，在北平。

【锺校】

①“来”原作“代”。

《藤花亭镜谱》

偶然得到梁廷枏《藤花亭镜谱》八卷的木刻本，觉得很是喜欢。我说偶然，因为实在是书贾拿来，偶尔碰见，并不是立志搜求得来的。寒斋所有的古镜，说来说去只有宋石十五郎造照子与明薛晋侯的既虚其中云云这两面，不但着实够不上有玩古董的资格，就是看谱录也恐怕要说尚早，不过虚夸僭越总是人情之常，不敢玩古董的也想看看谱录吧，就难免见了要买一点儿。最先是买了两本排印的《镜谱》，不大能满意，这回遇着木刻本，自然觉得好多了，不怕重复又买了下来，说到这里，于是上边所说的偶然毕竟又变成了非偶然了。

排印本的《藤花亭镜谱》首页后大书云，顺德龙氏中和园印，版心前下每页有《自明诚楼丛书》六字，末有跋，署云甲戌长夏顺德龙官崇。梁氏自序题道光乙巳（一八四五），我们极容易误会以为甲戌当是同治十三年（一八七四），不过那时虽有铅印却并无这种机制粉连，所以这正是民国廿三年无疑，至于写干支那自然是遗老的一种表示吧。我最厌恶洋粉连，在《关于纸》的小文里我曾说：

洋连史分量仍重而质地又脆，这简直就是白有光纸罢了。

有光纸固然不好，但他本是不登大雅之堂的东西，拿去印印《施公案》之流，倒也算了，反正不久看破，随即换了“洋取灯儿”。洋粉连则仿佛是一种可以印书之物，由排印以至影印，居然列于著作之林，殆可与湖南的毛头纸比丑矣。龙氏印的《镜谱》既用此纸，而且又都是横纹的，古人云丑女簪花，此则是丑女而蒙不洁了。中国近来似乎用纸对于横直都不甚注意，就是有些在《北平笺谱》上鼎鼎大名的南纸店也全不讲究，圆复道人“蔬果十笺”我数年前买的还是直纹，今年所买便已横了，君子于此可以观世变矣。印工着色之渐趋于粗糙也是当然的。但是信笺虽然横纹，这纸总还是可以写字的单宣或奏本，印书的却是洋粉连，而又横折，看了令人不禁作恶大半日。因为这个缘故，见到有一部木刻本，焉得而不大喜，急忙把他买下。原书每镜皆有图，龙氏印本无，跋中有云：

先生举累世珍玩著为谱录，意其初必有拓本，别藏于家，及观序称即拓本摹绘其原形而说以系之，则益信。顾代远年湮，难可再遇，殊堪惋惜。

似龙氏所据本乃并无图，或系原稿本欤。又查龙氏印本前四卷共收有铭识镜六十七品，后四卷收无铭识镜七十品，而印本则前半加添十一品，后半加添三品，共增十四种，书中文字亦有不同处，可知不是同一原本。最明显处是卷四的宋官镜以下十器，龙氏印本释作宋镜，刻本于虎镜后添刻一节云：

曩见王见大文诰藏数柄，云偕梦楼太守文治册封琉球时得于彼国，国人谓赵宋时所铸，意自东洋流至潮郡，爰以次此。

而目录在官镜下又加小注云：

以下十器皆日本制，按中国时代隶此。

盖皆是增订时所为。梁氏此谱共录百五十一器，在清代算是一部大著了，但其考释多有错误，如以宋石十姐为南唐，明薛惠公为宋，均是。我觉得还是他的图最有意思，今如去图存说，真不免是买椟还珠了。梁君释日本各镜，讹误原不足怪，有几处却说错得很滑稽，如虎镜云：

下作土坡，苔点草莎，饶有画意，其上树竹

三株，干叶皆作双钩，几个篔筜，萧疏可爱。左驰一虎，张口竖尾，作跑突搏啮状，势绝凶猛。质地空处密布细点如粟，铭凡六字，行书，曰天下一作泪乎，体带草意，第五字户下稍泐，惟左水旁右边一点甚明，若作渡则右无点矣，然文义殊不可晓。意其时有虎患，又或伤于苛政，而愤时嫉俗未敢明著于言，乃假是器以达之，理或然欤。

山水松云镜云：

铭在器右，凡六字，正书，颇歪斜，曰天下一出云守，令人徒费十日思，无缘索解也。

大葵花镜云：

铭在其左，凡六字，行书，曰天下一美人作，语亦过求奇诡，绎揣其意非寓解语之喻，即谓簪戴人非至美莫称矣。天下之不通文义偏好拈弄笔墨者往往如斯，彼固道其所见，而不自知其出语之可哂，从古以来，堪发浩叹者难屈指计矣。

又桃花镜云：

铭在器左，凡五字，行书，曰天下一美作。语与今所收大葵花镜相似，此美下独无人字。予于葵花镜已疑所识为歆羡彼美之词，矧以此之嫣然笑风，尤非樊素巧倩之口不足以当之，两相取证而义益显矣。

这都说得很有风趣，虽然事实上有些不很对。第一，镜上的虎就只是一只老虎，没有什么别的意思。葵花实在乃是带花的桐叶，在日本是一种家族的徽章，俗称五三桐，因其花中五而左右各三也。第二，虎镜题字当读作“天下一佐渡守”，与“天下一出云守”正是一例，大葵花与桃花镜都是“天下一美作”，犹言美作守也。看刻本图上大葵花镜美下也并无人字，不知梁氏何以加入。《日本考古图录大成》第八辑《和镜》八十六图桐竹镜有铭云，“天下一青家次天正十六”，据广濑都巽解说云，天下一的款识盖起于此时，天正十六年（一五八八）即万历戊子，至天和二年（一六八二）即康熙壬戌禁止，故此种有铭的镜当成于明末清初的约一百年中，所云赵宋时代亦不确实。香取秀真著《日本铸工史》卷一《关于镜师》文中有云：

镜师虽说署名，当初也只是云天下一而已。天下一者本来并不限于镜师，凡是能面师（制造能乐假面的工人），涂师（漆工），土风炉师，釜师诸工艺家也都通用，意思是说天下第一的匠人。《信长记》十三云，有镜工宗伯者，由村井长门守引见信长公，进呈手镜，镜背铸有天下一字样。公见之曰，去春有某镜工所献之镜背亦铭曰天下一，天下一者只有一人才行，今天下一乃有二人，则是不合理的事也。征诸遗品，只题作天下一的也可以知道是起于信长的时代。

按织田信长专政在天正二至十年顷（一五七四至八二），即万历之初。文又云：

镜上有记天下一佐渡，天下一但马，天下一出云，天下一美作，天下一若狭等者，这些都是受领任官的国名，并非在这些地方制成的出品，乃是作者的铭耳。同时又有增一守字，作因幡守、伊贺守等者，也有再添一作字，曰天下一伊贺守作。

自佐渡以至伊贺都是日本的地名，佐渡守等则是官名，但在这里却只是“受领职”，非实缺而是头衔，殆犹陆放翁之渭南伯，不过更为渺小罢了。据《镜师名簿》所录，佐渡守出云守美作守（亦即美作）均属于江户前期，如上文所说天下一的名称本来只在那一时期流行也。看《镜谱》卷四模刻诸图，原画似本不甚精美，而梁君已甚为赞赏，如虎镜项下所记，又有关于山水松云镜的一节云：

沿边一围，中作小景山水。斧劈石数叠，清

泉绕其下，排缀松株，仅露梢顶，稍高一磴则古松夭矫，仿佛画院中刘松年法。绝顶一浮图突出云际，最后远峰反在其下。有桥横水，渡桥而右复有松石苔点，错落于云水相间中，钩抹细利，倘加以青翠，描以金碧，便居然一小李将军得意笔。画理家法两得其妙如此，当时必倩名手为之，或缩摹院本，不然工艺匠作之辈即略解八法，亦安能深知其意，为是工力双绝之小品宫扇耶。

梁君两次所说的都是和镜之绘画的文样，与中国之偏重图案者不同，这的确是值得注意的一点。中国镜的文样似乎与瓦当走的是同一条路，而和镜则是与“镡”（tsuba）相近。《藤花亭镜谱》是木刻的，图难免走样罢。近来新出的《小檀栾室镜影》六卷，所收共有三百八十三钮，又以打本上石，“披图无异于揽镜”，自然要好得多了，但是看了还是觉得失望。镜文多近于浮雕，墨拓不能恰好，石印亦欠精善，都是事实，也就罢了，最奇怪的是在这许多镜中竟无小品宫扇似的绘画。宣哲《镜影》序有云：

镜背所绘畸人列士，仙传梵经，凡衣冠什物均随时代地域异状，名花嘉卉，美木秀竹，以至飞走潜跃，跂息蠕动之蕃衍，莫不皆有。

这所说不算全虚，不过镜文中所表示动植的种类实在很少，而且又大都是图案的，不能及和镜的丰富。我所有和镜图录只有广濑所编的一帙，价钱不及《镜影》的十六分之一，内容也只八十九图，却用珂罗板印，其中有四十九是照相，四十是拓本，都印得很清楚，真无异于看见原物。第六十图是镰仓初期的篱笆飞雀镜，作于南宋前半，据解说云：

下方有流水洗岩，右方置一竹笆，旁边茂生胡枝子狗尾巴草桔梗之属，瓦雀翻飞，蜘蛛结网，写出深秋的林泉风景，宛如看绘卷的一段。

又第六七图秋草长方镜亦镰仓时代作，上下方均图案的画胡枝子花叶，右出狗尾巴草二穗，左出桔梗花一，二雀翻飞空中，花下一蟋蟀又一蝴蝶，栩栩如生。此幅用墨拓，故与中国相较愈看出不同来，觉得宣君的话似乎反是替人家说也。《镜影》的又一缺点是没有解说，宣序却云，“是编不系释文，不缀跋尾，一洗穿凿附会之习，其善二也”，未免太能辩了。就镜审视要比单凭拓本为可靠，奈何坐失此机会，若只列图样，了无解释，则是骨董店的绘图目录而已。考古大难，岂能保证一定不错，只要诚实的做去，正是败亦可喜。梁君非不穿凿附会，但我们不因此而菲薄他，而且还喜欢他肯说话有意思，虽然若以为释文胜于图形，遂取彼弃此，则又未免矫枉过直，大可不必耳。

廿五年七月廿四日，在北平。

关于试帖

我久想研究八股文，可是至今未敢下手，因为怕他难，材料多，篇幅长。近来心机一转，想不如且看看试帖诗吧。于是开始搜集一点书。这些书本来早已无人过问，就是在现今高唱尊经拜孔的时代，书店印目录大抵都不列入，查考也不容易，所以现在我所收得的不过只有五十多种而已。

关于试帖的书，普通也可以分作别集总集诗文评三类，诗文评类中有梁章钜的《试律丛话》，见于《书目答问》，云十卷未刊，但是我却得到一部刻本，凡八卷四册，板心下端题知足知不足斋六字，而首页后则云同治八年（一八六九）高安县署重刊。寒斋有《知足知不足斋诗存》，马佳氏宝琳著，今人编《室名索引》亦载："知足知不足斋，清满洲宝琳。"却不能知道刻书者是否此人，查诗集其行踪似不出直隶奉天，而梁氏则多在广东，恐怕无甚关系，高安县重刊或者是梁恭辰乎？《书目答问》作于光绪元年，却尚未知，不知何也。其次有倪鸿的《试律新话》四卷，题云同治癸酉（一八七三）闰六月野水闲鸥馆开雕，盖系其家刻，倪氏又著有《桐阴清话》八卷，则甚是知名，扫叶山房且有石印本了。梁氏《丛话》的编法与讲制艺的相同，稍觉平板，卷一论唐人试律，卷二三论纪晓岚的《我法集》与《庚辰集》，卷四五分论九家及七家试帖，卷六说壬戌科同榜，卷七说福建同乡，卷八说梁氏同宗是也，但资料丰富，亦有可取。倪氏《新话》近于普通诗话，随意翻读颇有趣味，却无统系次序也。

别集太多不胜记，亦并不胜收集，总集亦不少，今但举出寒斋所有的唐人试律一部分于下。最早者有《唐人试帖》四卷，康熙四十年（一七〇一）刊，毛奇龄编，系与王锡田易三人共评注者，其时科举尚未用试帖诗也。《丛话》卷二云：

> 康熙五十四年乙未（一七一五）始定前场用经义性理，次场刊去判语五道，易用五言六韵一首，至于大小试皆添用试律，始于乾隆丁丑（一七五七）。

叶忱叶栋编注的《唐诗应试备体》十卷，即成于康熙乙未，鲁之亮马廷相评释的《唐试帖细论》六卷，牟钦元编的《唐诗五言排律笺注》七卷，都是康熙乙未年所撰，乾隆戊寅年重刊的。钱人龙所编《全唐试律类笺》十卷，亦是乾隆己卯年重刊，可见都是那时投机的出版，钱氏原序似在纠正毛西河的缺误，其初版想当更早，惜无年代可查。臧岳编《应试唐诗类释》十九卷，乾隆戊子（一七六八）重刊，原本未见。唯己卯年纪昀著《唐人试律说》一卷，最得要领，为同类中权威之作，其中已引用臧氏之说，可知其出版亦当在丁丑左右也。说唐律的书尚不少，因无藏本故不具举。

我去八股而就试帖的原因，一半固然在于避难趋易，另外还有很好玩的理由：因为试帖比八股要古得多，而且他还是八股的祖宗。经义起于宋，但是要找到像样的八股文章，须得到了明朝后半，试帖诗则唐朝早有，如脍炙人口的钱起诗句，“曲终人不见，江上数峰青”，作于天宝十年，还在马嵬事件的五年前呢。关于试帖与八股的问题，毛西河在《唐人试帖》序中有云：

> 且世亦知试文八比之何所昉乎？汉武以经义对策，而江都平津太子家令并起而应之，此试文所自始也，然而皆散文也。天下无散文而复其句、重其语、两叠其话言作对偶[①]者，惟唐制试

士改汉魏散诗而限以比语，有破题，有承题，有颔比颈比腹比后比，而后结以收之。六韵之首尾即起结也，其中四韵即八比也，然则试文之八比视此矣。今日为试文，亦日为八比，而试问八比之所自[2]，则茫然不晓。是试文且不知，何论为诗。

这实在说得明白晓畅，所以后人无不信服，即使在别方面对于毛西河不以为然。《试律丛话》卷二引纪晓岚说云：

西河毛氏持论好与人立异，所选唐人试律亦好改窜字句，点金成铁，然其谓试律之法同于八比，则确论不磨。

又卷一引林辛山《馆阁诗话》云：

毛西河检讨谓试帖八韵之法当以制艺八比之法律之，此实为作试帖者不易之定论，金雨叔殿撰《今雨堂诗墨》尝引伸其说。

《诗墨》惜尚未得见，唯《丛话》卷二录其自序，其中有云：

余谓君等勿以诗为异物也，其起承转合，反正浅深，一切用意布局之法，直与时文无异，特面貌各别耳。

这都从正面说得很清楚，纪晓岚于乾隆乙卯年（一七九五）著《我法集》二卷，有些话也很精妙，如卷上《赋得池水夜观深》一首后评云：

此真极小之题，极窄之境，而加以难状之景，紫芝于楼钟池水一联几于百炼乃得之，诗话具载其事，方虚谷《瀛奎律髓》所谓诗眼，即此种之隔日疟也，于诗家为魔道。然既以魔语命题，不能不随之作魔语，譬如八比以若是乎从者之廋也命题，不能不作或人口气，诬孟子门人作贼也。

又《赋得栖烟一点明》一首后评云：

此题是神来之句，所以胜四灵者，彼是刻意雕镂，此是自然高妙也。当时终日苦吟，乃得此一句，形容难状之景，终未成篇，今更形容此句，岂非剪彩之花持对春风红紫乎。然既命此题，不能不作，宋人所谓应官诗也。

无论人家怎样讨厌纪大烟斗，他究竟是高明，说的话漂亮识趣，这里把诗文合一的道理也就说穿了。刘熙载在《艺概》卷六《经义概》中有一节云：

文莫贵于尊题。尊题自破题起讲始，承题及分比只是因其已尊而尊之。尊题者，将题说得极有关系，乃见文非苟作。

尊题也即是作应官诗，学者知此，不但八股试帖得心应手，就是一切宣传文章也都不难做了，盖土洋党各色八股原是同一章法者也。

民国二十一年在辅仁大学讲演中国新文学的源流，我曾说过这几句话：

> 和八股文相连的有试帖诗。古代的律诗本只八句，共四韵，后来加多为六韵，更后成为八韵。在清朝，考试的人都用八股文的方法去作诗，于是律诗完全八股化而成为所谓试帖。

这所说的与上文大同小异，但有一点不彻底的地方，便是尚未明白试帖是八股的祖宗，在时间上不免略有错误。我又说这些应试诗文与中国戏剧有关系，民间的对联、谜语与诗钟也都与试帖相关，这却可以算是我的发见，未经前人指出。中国向来被称为文字之国，关于这一类的把戏的确是十分高明的，在平时大家尚且乐此不疲，何况又有名与利的诱引，哪里会不耗思殚神地去做的呢。俗传有咏出恭者，以试帖体赋之云："七条严妇训，四品待夫封。"盖古有妇人七出之条，又夫官四品则妻封为恭人，分咏题面，可谓工整绝伦，虽为笑谈，实是好例。李桢编《分类诗腋》（嘉庆二十二年）卷二诠题类引吴锡麒《十八学士登瀛洲》句云："天心方李属，公等合松呼。"注云："李松拆出十八，新极，然此可遇而不可求。"《试律新话》卷三说拆字切题法，亦引此二句云："以李松拆出十八二字，工巧之极，惜此外不多见耳。"又《新话》卷二云：

> 吴县潘篆仙茂才遵礼尝以五言八韵作戏目诗数十首，语皆工炼，余旧有其本，今不复存矣，惟记其《思凡》一联云，画眉真误我，摩顶悔从师。今茂才已久登鬼箓，而诗稿亦流落人间，能无人琴俱亡之感耶。

这是诗话的很好的谈资，忍不住要抄引，正可以证明中国文字之适用于游戏与宣传也。

试帖诗的总集还有两种值得一提。其一是《试帖诗品钩元》二十四卷，道光乙巳（一八四五）江苏学政张芾选，其二是《试律标准》二卷，道光丙午山东学政何桂清辑也。张何皆道光乙未科翰林，刊书只差了一年，在这方面的成绩与工夫当然是很不错的，在别方面就可惜都不大行了。后来太平天国事起，何桂清为浙江巡抚，弃城而逃，坐法死。张芾事则见于汪悔翁《乙丙日记》，卷三记咸丰丙辰（一八五六）六月间事云：

> 张芾派兵守祁门之大洪岭，见有贼来，不知其假道以赴东流建德也，皆失魂而逃，贼见其逃也，故植旗于岭。此兵等遂来告，张芾惊欲遁，

城内人皆移居。十五申刻贼从容拔旗去，张芾始有生气，然亦几毙矣。既苏，并不责逃兵，而犹从容写小楷哦试帖，明日又官气如故矣，必饰言伪言击退以冒功也。噫，欺君如此，真可恶哉，而仗马不言，真不可解。

悔翁快人，说得非常痛快，恐怕也不是过甚之词。我记得了这一番话，所以翻阅《试帖诗品钩元》时常不禁发笑，盖如上文所述，贼从容拔旗去，官从容写小楷哦试帖，这一幅景象真是好看煞人也。

我想谈谈试帖，不料乱写了一阵终于不得要领，甚是抱歉。不过这其实也是难怪的，因为我还正在搜集研究中，一点都没有得结果，可以供献给大家，现在只是说这里很有意思，有兴趣的人无妨来动手一下，有如指了一堆核桃说这颇可以吃，总是要等人自己剥了吃了有滋味。什师有言，嚼饭哺人，反令哕吐，关于试帖亦是如此，我就以此权作解嘲了。

廿五年九月二十日，于北平苦茶庵。

【锺校】

①“偶”原作“待”。

②此处原衍“试”字，已删。

关于尺牍

其一

桂未谷跋《颜氏家藏尺牍》云：

> 古人尺牍不入本集，李汉编昌黎集，刘禹锡编河东集，俱无之。自欧苏黄吕，以及方秋崖卢柳南赵清旷，始有专本。

所以讲起尺牍第一总叫人想到苏东坡黄山谷，而以文章情思论，的确也是这两家算最好，别人都有点赶不上。明季散文很是发达，尺牍写得好的也出来了好些。万历丁巳郁开之编刊《明朝瑶笺》四卷，前两卷收永乐至嘉隆时人百三十六，第三卷五十三，皆万历时人，第四卷则四人。凡例第二中云：

> 四卷专以李卓吾袁石浦陶歇庵袁中郎四先生汇焉。四先生共踪浮名，互观无始，臭味千古，往还一时，则又不可以他笺杂。笺凡一百五十

有三。

这所说很有见识，虽然四人并不一定以学佛重，但比馀人自更有价值，而其中又以李卓吾为最。《瑶笺》中共收三十六笺，大都是李氏《焚书》中所有，我很喜欢他的《答以女人学道为见短书》，末节云：

> 不闻庞公之事乎？庞公尔楚之衡阳人也，与其妇庞婆女灵照同师马祖，求出世道，卒致先后化去，作出世人，为今古快事，愿公师其远见可也。若曰，待吾与市井小儿辈商之，则吾不能知矣。

又《复焦弱侯》之一云：

> 黄生过此，闻其自京师往长芦抽丰，复跟长芦长官别赴新任，至九江遇一显者，乃舍旧从新，随转而北，冲风冒寒，不顾年老生死。既到麻城，见我言曰，我欲游嵩少，彼显者亦欲游嵩少，拉我同行，是以至此，然显者俟我于城中，势不能一宿，回日当复道此，道此则多聚三五日而别，兹卒卒诚难割舍云。其言如此，其情何如。我揣其中实为林汝宁好一口食难割舍耳。然林汝宁向者三任，彼无一任不往，往必满载而归，兹尚未厌足，如饿狗思想隔日屎，乃敢欺我以为游嵩少。夫以游嵩少藏林汝宁之抽丰来嗛

我，又恐林汝宁之疑其为再寻己也，复以舍不得李卓老当再来访李卓老以嗛林汝宁，名利两得，身行俱全，我与林汝宁皆在黄生术中而不悟，可不谓巧乎。今之道学何以异此。今之讲道学者皆游嵩少者也，今之患得患失，志于高官重禄，好田宅，美风水，以为子孙荫者，皆其托名于林汝宁以为舍不得李卓老者也。

读这两节，觉得与普通尺牍很有不同处。第一是这几乎都是书而非札，长篇大页的发议论，非苏黄所有，但是却又写得那么自然，别无古文气味，所以还是尺牍的一种新体。第二，那种嬉笑怒骂也是少见。我自己不主张写这类文字，看别人的言论时这样泼辣的态度却也不禁佩服，特别是言行一致，这在李卓吾当然是不成问题的。古人云，学我者病，来者方多。所以这里要声明一声，外强中干的人千万学他不得，真是要画虎不成反为一条黄狗也。虎还可以有好几只，李卓老的人与文章却有点不可无一，不能有二。他又有《与耿楚侗》的一笺云：

夫所谓仙佛与儒，皆其名耳。孔子知人之好名也，故以名教诱之。大雄氏知人之怕死也，故以死惧之。老氏知人之贪生也，故以长生引之。皆不得已权立名目以化诱后人，非真实也，唯颜子知之，故曰夫子善诱。今某之行事，有一不与公同者乎？亦好做官，亦好富贵，亦有妻孥，亦有庐舍，亦有朋友，亦会宾客。公岂能胜我乎？何为乎公独有学可讲，独有许多不容已处也。我既与公一同，则一切弃人伦，离妻室，削发披缁等语，公亦可以相忘于无言矣。何也？仆未尝有一件不与公同也，但公为大官耳。学问岂因大官长乎？学问若因大官长，则孔孟当不敢开口矣。

所云化诱一节未知是否，若后半则无一语不妙，不佞亦深有同意，盖有许多人都与我们同一，所不同者就只是为大官而已，因其为大官也于是其学问似乎亦遂大长，而可与孔孟为伍矣。李卓老天下快人，破口说出，此古今大官们乃一时失色，此真可谓有益于世道人心的尺牍也。

其二

清初承明季文学的潮流也可以说是解放的时代，尺牍中不乏名家，如金圣叹，毛西河，李笠翁，以至乾隆时的袁子才，郑板桥。《板桥家书》却最为特别，自序文起便很古怪爽利，令人读了不能释卷，这也是尺牍的一种新体。这一卷书至今脍炙人口，可以知道他影响之大，在当时一定也很被爱读，虽然文献的证据不大容易找。但是我也曾找到一点儿，郝兰皋在《晒书堂外集》卷上有《与舍弟第一书》云：

告懿林：陶征士诗，众鸟欣有托，吾亦爱吾庐。子曾子云，勿寓人我室，毁伤其薪木。古人于居处什器，意所便安，深致系恋如此。吾与尔同气虽无分别，但吾庐之爱岂能忘情，薪木无伤，鸟欣有托，吾意拳拳为此耳，莫谓汝嫂临行封锁门户便为小器，此亦流俗之情宜尔也。吾辈非圣贤，岂能忘尔我之见，今人媳妇归宁，往返数十日，尚且锁闭门庭，收藏器皿，岂畏公婆偷盗哉，盖此儿女之私情，虽圣贤不能禁也。吾与尔老亲在堂，幸尚康健，故我得薄宦游违膝下，然亦五六年后便当为归养之计。我与尔年方强壮，共财分甘，日月正长，而吾亲垂垂已老，天伦乐事得不少图几年欢聚耶。我西家房屋及器用汝须留神照看，勿寓人我室，令有毁伤，庶吾归时欣鸟有托，此亦尔守器挈瓶之智也。言至此不觉大笑，汝莫复笑我小器如嫂否？所要朱砂和药，今致二钱，颇可用，惜乎不多耳。应泰近业如何，常至城否？见时可为我致意。逢辰及小女儿知想大爷大娘否，试问之。桂女勿令使性懒惰，好为人家作媳妇也。《医方便览》二本未及披阅，俟八月寄下。《吕氏春秋》《秘书二十一种》，便中寄至京，俟秋冬间不迟。我新病初起，意绪无聊，因修家书，信笔抒写，遂尔絮絮不休，读毕大家一笑，更须藏此书，留为后日笑话也。嘉庆五年庚申七月八日，哥哥书。

又在邵西樵所编《师友尺牍偶存》卷上有王西庄札七通，其末一篇云：

承示寄怀大作，拍手朗唱一味天真无畔岸句，不觉乱跳乱叫，滚倒在床上，以其能搔着痒挠着痛也。怪哉西樵，七个字中将王郎全副写照出来。快拿绍兴（京师酒中之最佳者）来吃，大醉中又梦老兄，起来又读。因窃思之，人生少年时初出来涉世交友，视朋友不甚爱惜也，及至足迹半天下，回想旧朋友，实觉其味深长。盖升沉显晦，聚散离合，转盼间恍如隔世，于极空极幻之中，七零八落，偶然剩几个旧朋友在世，此旧物也，能不想杀，况此旧友实比新友之情深十倍耶。而札云，天上故人犹以手翰下及，怪哉西樵而犹为此言乎。集中圈点偶有不当处，如弟酿花小圃云，闭门无剥啄，只有蜜蜂喧二句，应密圈密密圈。弟尝论诗要一开口便吞题目，譬如吃东西，且开口先将此物一齐吞在口内，然后嚼得粉碎，细细咀味，此之谓善吃也。奈何今人作诗，将此物放在桌上，呆看一回，又闲闲评论其味一回，终不到口，安得成诗。弟此二句能将酿花圃三字一齐吞完，而尚囫囵未曾嚼破，此为神来之笔，应密圈也。近来诗之一道实在难言，只因俱是诗皮诗渣，青黄黑白配成一副送官礼家伙耳。只如一味天真四字，固已扫尽浮词，抉开真面矣，而无畔岸三字更奇更确更老辣，只此三字岂今日之名公所能下。弟平生友朋投赠之什，无能作此语者，盖大兄诗有真性情，故非诗皮诗渣所能及，而弟十年来尤好为无畔岸之文，汪洋浩渺，一望无际，以写其胸次之奇，所存诗二千首，文七百馀篇，皆无畔岸者也，得一知己遂以三字为定评。……倘有便羽，万望赐之手书，且要长篇，多说些旧朋友踪迹，近时大兄之景况，云间之景况，琐事闲话，拉拉杂杂，方有趣，切不可寥寥几行，作通套了世情生活。专此磕头磕头，哀恳哀恳。翘望湘波，未知把手何日，想煞想煞。馀不一。

王郝二君为乾嘉时经师，而均写这样的信札，这是很有意思的事，并且显然看得出有板桥的痕迹，“哥哥书”是确实无疑的了，“乱叫乱跳”恐怕也是吧，看其馀六封信都不是这样写法，可知其必然另有所本也。但是这种新体尺牍我总怀疑是否适于实用，盖偶一为之固然觉得很新鲜，篇篇如此不但显得单调，而且也不一定文情都相合，便容易有做作的毛病了。板桥的十六通家书，我不能说他假，也不大相信他全是真的，里边有许多我想是他自己写下来，如随笔一般，也同样的可以看见他的文章思想，是很好的作品，却不见得是一封封的寄给他舍弟的罢。

其三

看《秋水轩尺牍》，在现代化的中国说起来恐怕要算是一件腐化的事，但是这尺牍的势力却是不可轻视的，他或者比板桥还要有影响也未可知。他的版本有多少种我不知道，只看在尺牍里有笺注的单有《秋水轩》一种，即此可以想见其流行之广了。朱熙芝的《芸香阁尺一书》卷一中有《致许梦花》一篇云：

尝读秋水尺一书，骖古人，甲今人，四海之内，家置一编。余生也晚，不获作当风桃李，与当阶兰桂共游，兹晤镜人，知阁下为秋水之文郎，与镜人作名门之僚婿，倩其介绍，转达积忱。培江左鄙人也，棘闱鏖战，不得志于有司，迫而为幕，仍恋恋于举业，是以未习刑钱，暂襄

> 笔札，河声岳色，两度名邦，剑胆琴心，八年异地，茫茫身世，感慨系之。近绘小影，名曰航海逢春。拍天浪拥，乘槎不是逃名；大地春回，有美非关好色。[①]群仙广召，妙句争题，久慕大才，附呈图说，如荷增辉尺幅，则未拜尊人光霁，得求阁下琳琅，足慰向来愿矣。

芸香阁之恭维秋水轩不是虚假的，他自己的尺一书也是这一路，如上文可见。不佞近来稍买尺牍书，又因乡曲之见也留心绍兴人的著作，所以这秋水轩恰巧落在这二重范围之内，略略有点知道。寒斋收藏许葭村的著作有道光辛卯刊《秋水轩尺牍》二卷，光绪甲申刊《续秋水轩尺牍》一卷，诗集《燕游草》一卷，其子又村所著有光绪戊寅刊《梦巢诗草》二卷。上文所云许梦花盖即又村，《诗草》卷上有七言绝句一首，题曰："同伴高镜人襟兄卸装平原，邀留两日，作诗一章以谢。"又有七言律诗一首，题曰：《题朱熙芝航海逢春图》。题下有小注云：

> 图中一书生，古巾服，携书剑，破浪乘槎，有美人掉小舟，采各种花，顺流至，远望仙山楼阁，隐现天光云影间。

诗不足录，即此可以见二人的关系，以及图中景色耳。朱君虽瓣香秋水，其实他还比较的有才情，不过资望浅，所以胜不过既成作家。如《尺一书》卷一《复李松石》（《镜花缘》的作者么?）云：

> 承示过岳王祠诗，结句最得《春秋》严首恶之义：王构无迎二圣心，相桧乃兴三字狱。特怪武穆自量可以灭金，何不直捣黄龙，再请违旨之罪，乃拘拘于君命不可违，使奸相得行其计，致社稷不能复，二圣不能还，其轻重得失固何如耶。俟有暇拟将此意作古风一章，即以奉和。

又《致顾仲懿》云：

> 蒲帆风饱，飞渡大江，梦稳扁舟，破晓未醒，推篷起视，而黄沙白草，茅店板桥，已非江南风景，家山易别，客地重经，唯自咏何如风不顺，我得去乡迟之旧句耳。所论岳武穆何不直捣黄龙再请违旨之罪，知非正论，姑作快论，得足下引春秋大义辨之，所谓天王明圣臣罪当诛，纯臣之心惟知有君也。前春原嵇丈评弟《郭巨埋儿辨》云，惟其愚之至，是以孝之至。事异论同，皆可补芸香一时妄论之失。

关于岳飞的事大抵都是愚论，芸香亦不免，郭巨辨未见，大约是有所不满吧。但对于这两座忠孝的偶像敢有批评，总之是颇有胆力的，即此一点就很可取，顾嵇二公是应声虫，原不足道，就是秋水相形之下也显然觉得庸熟了。《尺一书》末篇《答韵仙》云：

> 困人天气，无可为怀，忽报鸿来，饷我玫瑰万片，供养斋头，魂梦都醉。因沽酒一坛浸之，馀则囊之耳枕，非曰处置得宜，所以见寝食不忘也。

文虽未免稍纤巧（因为是答校书的缘故吧?），却也还不俗恶，在《秋水轩》中亦少见此种文字，不佞论文无乡曲之见，不敢说尺牍是我们绍兴的好也。

廿五年十月八日，于北平。

［附记］第二节中所记王郝二君的尺牍成绩当然不能算好，盖其性情本来不甚相近，勉强写诙诡文字，犹如正经人整衣危坐曰，现在我们要说笑话了！无论笑话说得如何，但其态度总是可爱也。王西庄七百篇文未见，郝兰皋集中不少佳作，不过是别一路，朴实而有风趣，与板桥不相同。

九日又记。

【锺校】

①“拍天浪拥，乘槎不是逃名；大地春回，有美非关好色”原作“拍天浪拥乘槎，不是逃名，大地春回有美，非关好色”。

关于童二树

《越风》卷二十云：

> 童钰字二如，改二树，号璞岩，会稽人，著有《竹啸集》《抱影庐诗钞》。

又云：

> 二树髫岁即受知于太守顾某，下笔千言立就，兼工画梅，善隶草书，名满大江南北。丰邑令卢绸斋爱其诗，为刻《诗略》《摘句图诗》《秋虫吟》等集。

《全浙诗话》卷四十九云：

> 钰字二如，改二树，号璞岩，又称二树山人，会稽布衣。

又云：

> 按二树屡应童子试不利，遂弃举业，专攻诗古文。客大梁最久，性豪侠，不为家计，卖文钱随手散尽，卒于邗江。

《随园诗话》卷六云：

郑板桥爱徐青藤诗，尝刻一印云徐青藤门下走狗郑燮。童二树亦重青藤，题青藤小像云，抵死目中无七子，岂知身后有中郎。又曰，尚有一灯传郑燮，甘心走狗列门墙。

×

二树名钰，山阴诗人。幼时，女史徐昭华抱置膝上，为梳髻课诗。及长，少所许可，独于随园诗矜宠太过，奈从未谋面，今春在扬州特渡江见访，适余游天台相左。嗣后寄声欲秋间再来，余以将往扬州故作札止之，旋为他事滞留，到扬时则童已殁十日矣。

×

童病中梦二叟，自称紫阁真人浮白老人，手牵鹤使骑，童辞衣装未备，真人晓以诗云云，童答云云，吟毕求宽期，紫阁真人立二指示之，果越二十日而卒。

×

二树临终满床堆诗高尺许，所以殷殷望余者，为欲校定其全稿而加一序故也。余感其意，为编定十二卷，作序外录其《黄河》云云。二树画梅题七古一篇，叠须字韵八十馀首，神工鬼斧，愈出愈奇，余雅不喜叠韵而见此诗不觉叹绝。

又《补遗》卷一云：

高怡园亡时贫甚，家有九棺未葬，夜见梦于二树，以笺纸索画梅十幅。画成，适河南施我真太守见之叹曰，画梅助葬，真盛德事。乃取其画而助葬资二百金。

《冷庐杂识》卷六有“童二树画梅”一则，文云：

童二树画梅少粉本，时于月下濡翰，纵横欹侧，皆成妙画，故所绘无一复者。幼时，友人刘凤冈梦童化为梅二树，因以为号。生平题画诗往往奇验。尝元旦为周进士世绩题画，有第一朝开第一花之句，是年周发解。汤容熠有仆僮乞画藕，因题诗曰，具此清净姿，何为乎泥中。僮数日殇。

《寄龛丁志》卷三云：

往时于故人秦秋伊处见二树山人画猫，题句云，食有鱼腥卧有毡，琐窗日午恼衔蝉，宵来黠鼠跳梁甚，却向花阴自在眠。

又云：

二树山人童钰，乾隆中山阴布衣，诗书画称三绝。先以画猫名，有童猫之目，因弃其故技而画梅，前志画猫截句盖少作。山人画必有诗，画梅诗尤多，尝叠须字韵至八十馀首，随园称为神工鬼斧，愈出愈奇。先有万树梅花万首诗小印，晚年自料恐浮其数，因改镌为一树梅花一首诗。嫁女同郡吴氏，惟以画梅百幅充奁，集中有句云，但有梅花藏书箧，并无黄犬作奁资，盖纪实也。吴氏得之大喜过望。余外舅息巢钟先生先世与吴氏有连，尝分得其一，余及见之，先生因为余言如此。

以上所记颇多可喜，但与二树诗集对勘，亦有出入之处。寒斋所有二树山人著作只有下列四种：

一、《二树诗略》五卷，乾隆戊辰（一七四八）刊本。

二、《抱影庐诗》一卷，乾隆癸酉（一七五三）刊《越中三子诗钞》本。

三、《秋虫吟》一卷，乾隆辛巳（一七六一）序，原已刊板，今系抄本。

四、《二树山人写梅歌》一卷，续编一卷，乾隆己亥（一七七九）刊本。

《二树诗略》下署会稽童钰璞岩稿，璞岩下有小注二行，卷一二云“一字借庵”，卷三云“倚树”，卷四云“梅影”，卷五云“如如”。越中三子之一刘凤冈著《梅芝馆诗》有《闲中习静怀逃禅二友》一首，注中第二人云“童二十八借庵自号梦摩居士”。又《秋虫吟》自序后署“镜曲山农童钰题于蝇须馆”。《写梅歌续编》中四十九叠韵首二句云：“童二如，鬑鬑须。”二如下注云：“予幼字也。”又三十三叠韵诗题云：

先母李太君曾梦髯翁驱一牛负梅花相授，且曰，好种子，勿负也。越日生予，岁值辛丑。先君子以为佳征，常举以相勖，特不识髯翁为谁。后读郑元祐题元章墨梅诗，有留得髯翁醉时笔，岁寒仍旧发枯槎句，始知煮石山农固髯翁也。此事素不语人，无知之者。老友冯鉴塘赠予《写梅歌》起句云，闲散大夫今白须，不意竟以元章呼我，怦然有感，爰述其事，并答鉴塘。

诗中有云：

昔者先子绝爱吾，庭植二树吾与俱，
诗翁忽过为书额，题字顿使人间呼。

注云：

予幼读书处，先君子感旧梦植梅二株，爱异群卉，予亦晨夕处其中，颜曰抱影庐，金丈补山过庐，改题二树书屋，嗣后人咸以二树呼余矣。

这里说明改号的事很是清楚，《冷庐杂识》所云盖系传闻异辞，亦有点近于道听涂说。《抱影庐诗》中有

《画梅引赠刘凤冈》一首，中有云："闻君去年学画初，梦中亲见罗浮姝。"注云："凤冈客四明，梦人以梅花两枝见赠。"这显然是刘凤冈自己的私事，与二树山人丝毫无涉者也。

二如虽然改了二树，可是旧名似乎并未完全废去。如《诗略》卷五之"一字如如"即其一例。家中旧藏石章一方，黑色甚坚硬，三角自然形，印文长圆，长约二寸宽半寸，文曰"如之何如之何"，边款云："丙戌九秋作，二树钰。"文中隐藏两如字，亦即二如或如如之意。二树生于辛丑，即康熙六十年（一七二一），《写梅歌》五十八叠韵诗题云，"九月十二日为余生辰"，案此可以考见其诞生月日，至乾隆丙戌（一七六六）已四十六岁，可知其时尚保留二如字义也。卒年未能详，《随园诗话》所云今春不知是哪一年，或者查小仓山房诗文有游天台的年月，即可知道，唯手头无此书，容再考耳。

袁子才好名，诗话所记多过于夸诩，文章亦特无趣味，盖其缺点也。唯二树之推崇随园盖亦系事实，《诗略》卷四有题袁香亭《瞉音集》诗，其二有云：

> 楚中昔日称三道（注，谓中郎兄弟），吴下今知有二袁。

可以推见，但此等事禁不起本人自述，况袁公又缺蕴藉之致耶。梦高怡园索画梅花似亦事出有因，《写梅歌》二十二叠韵题云：

连夕苦吟，侵晓始得假寐，已月有旬日矣。上元前二日梦一老翁，颀而长，面目苍黑，虬须白且尽，衣冠亦甚古，相接极欢，出笺纸十束，上篆龙须二字，索余写十梅图，余欣然应之，初不知其梦也，醒后历历可忆，噫，异矣。

案《写梅歌》第一首题云：

沈又希范孙以长歌索写梅花，时值腊月，适有冻蜂集余画梅，又希异其事，为作此歌见赠，愧不敢当，次原韵酬之。

四十二叠韵诗题又云：

方柯水辂悬余画梅于洛阳何六该明府署中，丁酉除夕前三日有冻蜂飞集帧上，又希倡须字韵诗纪事，一时和诗日至，四十二叠前韵谢柯水兼寄同时观者。

前题所云上元前二日可知系戊戌（一七七八）年事，《随园诗话》云高怡园卒于丁巳（一七三七）后四十馀年，计丁巳距戊戌已有四十二年，时代正相当。又十四叠韵诗注云：

丙申冬应河南施太守纂修郡志，至今已两年矣。

《续编》小引云：

> 己亥暮春之初，余以河南郡乘蕆事，由洛返汴，将挈妻子归越旧居。

计自丙申冬至己亥春二树在洛阳居施太守幕中，施我真如买画梅助葬资，自亦当在此期间，然则戊戌上元或正其时矣。唯诗话云二树梦中所见老翁乃短而癯者，二树诗题中则云颀而长，究竟短乎长乎，无从悬揣，不知系二树的梦境迷离，抑随园之寓言十九欤，均不可知也。

随园审定的二树诗集十二卷今不得见，亦不知曾刊行否。二树诸集均明署会稽人，不知随园何以独误为山阴，孙寄龛《越中名宿》乃亦衍其误，未免过信《诗话》矣。《写梅歌》前编四十二首，续编二十四首，凡六十六叠前韵，《诗话》与《丁志》又都说有八十馀首，亦误。《秋虫吟》本一百首，叠虫字韵，二树删存七十二首，自题后诗中所云化为七十二鸳鸯是也，王云笠为之刊行，商宝意谓系卢絅斋所刻，非是。《二树诗略》盖卢氏刻，已在《秋虫吟》十三年前了。越中三子之二陈月泉著《丹棘园诗》中有“二树山人摘句叶子题词”二首，盖即《摘句图诗》，惜刊本亦未得见。

二树题画诗往往奇验之说，当然只好姑妄听之。

《写梅歌》四说及山阴何乐天有和诗，今查乐天《停云轩诗钞》不录此诗，乐天子小山著《巢云阁诗钞》卷上却有和诗五首，其第二首中有注云：

前年山人寓大梁周伯扬解元斋中，冬日画梅，有蝶绕其笔端。

唱和在戊戌年，前年当系丙申，在未入施太守幕下之前乎，冷庐所云元旦及是年或者即是丙申亦未可知，虽奇验终无左证，但是疑问的年代总大略可以明白了。（中国人记时间喜欢乱用代名词，如今春是年之类，而上下文并无说明，令人看了茫然，袁陆诸公都有此病。至于叙发解以前事而称之曰周进士，尤为颠倒事实，使为章实斋所见，必又将大加训斥了。）又卷下有题二树所画秋云思归图诗二首，首句云，鹤背仙人去不还，下有注云：

山人卒于维扬，曾降乩自称散仙二树，故云。

诗仙降乩本是笔记熟套，不足为奇，唯因此亦总可见二树山人之逐渐神仙化，到了咸丰时便成了预言者了。

关于童猫之说别无可考，或是实事亦未可知。陶篁村著《越画见闻》卷下有童钰一则，所记与《全浙诗话》相同，唯末一节云：

尝致札姚芝乡云，吾画梅蒙海内诸君子赏鉴，辄赐诗篇，惟陶篁村无一言之赠，但此老不可无诗，恳吾子力图之，倘得其一语品题，则吾死可无恨。芝乡即以札示余，余感其意，赋赠七古一首云云，仍属芝乡转寄二树。嗟乎，余诗何足为二树增重，二树乃拳拳不忘若斯。闻其捐馆即在是秋之杪，鱼鸿迢递，未知赍书人到扬时二树犹及见吾诗否，倘书未开函而人先易箦，则吾诗即以当徐君冢上之剑可也。

原诗亦见《泊鸥山庄集》卷三十一，题云“画梅行为童二如作”，但亦未系年，不知所谓是秋何所指也。考卷中《画梅行》前有“寄怀廷珍”，后有“久不得珍儿音信，时适兰州有回寇之警，赋此寄怀”诸诗，查卷九“珍儿哀词”，廷珍以辛丑（一七八一）大挑知县分发甘肃，而兰州之乱则在甲辰（一七八四），然则作《画梅行》的时日总当在壬寅癸卯之间，二树山人的卒年亦约略可以推知矣。

廿五年四月廿二日，于北平。

关于邵无恙

《越缦堂日记》光绪八年十月十七日条下云：

光甫来，以近刻邵无恙《梦馀诗钞》见贻。无恙名帆，吾邑龙尾山人，乾隆□□举人，知江苏桃源阜宁等县，以事落职归。邵氏世以诗名，余家旧有无恙《名媛杂咏》，自皇娥至明秦良玉，诗皆七绝，各有小序，写刻精工，诗亦甚佳，经乱失之。集向未刻，有手钞八卷，在其门人常山梁钺所，梁以嘉庆戊午举人，官诸暨县丞，至咸丰癸丑梁年已八十，以集付天津张鹤宾，至光绪丁丑，天津沈兆淇始刻为两卷，共五百五十馀首。以乾隆间越人更五朝而刻于燕沽，文字之传，固有数也。其诗秀朗，多情至语，亦乡邦风雅所系，故备述之。

又光绪十一年十一月十二日条下云：

阅吾乡邵无恙《梦馀诗钞》。其《述怀》五

古三首，《忆花树》五古三首，皆至性蔼然，诗亦清老。《风篁岭》一首，《龙井》一首，秀炼似岑嘉州。近体尤多明秀之作，最爱其《出白门》一绝，淡远自然，可入唐贤三昧。邵氏世居龙尾山之奥石湖，岩壑清疏，故其诗善言越中风景，如《忆村居》四首云云，一何清绮，足令久旅增感，羁目暂娱。

我很有运气，邵氏的著作居然得到了三部。其一是《历代名媛杂咏》三卷，乾隆壬子（一七九二）年刻本。其二是《镜西阁诗选》八卷，道光庚寅（一八三〇）年碧城仙馆刻本。其三是《梦馀诗钞》稿本八卷，即李氏所说光绪丁丑刻二卷本的原底本也。三种之中《杂咏》较为易得，虽然汪允庄女士在《自然好学斋诗集》卷八"书《镜西阁集》后"之九注中已云："先生尝著《名媛杂咏》绝句三百首，今板已散佚。"数年前我曾从上海搜得一部，旋赠给友人，后又在北平隆福寺买到一部白纸的，似世间尚多流传。《镜西阁诗选》颇少见，李越缦云集向未刻，梁石川亦未知，稿本梁跋署咸丰癸丑（一八五三），距道光庚寅已二十三年后矣。是时梁石川已归常山，唯从邵氏嗣君接到稿本时系在诸暨县[1]丞署，离杭州不远，据云时在道光丙申丁酉之交，即庚寅后六年，乃竟不知镜西阁之刻，殊不可解，岂当时消息不易通，抑或流传之不广耶，均未可知也。

《镜西阁诗选》题云陈文述编，而实盖出其子妇汪允庄手，陈序述刻集的经过有云：

君之识余也，余子裴之甫在襁褓，君生平交游结纳岂无一二知己，乃残缣断简一再散佚，而掇拾裒辑转成于寒闺嫠妇之手，既请于余，复乞助于余内弟龚君绣山，端侄小米，及闺友席怡珊夫人，并质钗珥以资手民，始成此集，以供海内骚坛题品也。

盖慨乎其言之，但天下事无独有偶，刻《梦馀诗钞》亦另有一段因缘，令越缦发文字之传固有数也之叹。梁跋云：

师谢世后家计益窘，哲嗣一人援例得少尹，分发无资。诗稿二册，吾师生平著作亲笔自书者，少尹携至诸暨丞署，欲凑办分发，钱官卑禄薄，仅竭力致赆，而是诗遂留以授钱，时在道光丙申丁酉之交。尊藏多年，幸未损伤，自叹年届八旬，风烛在即，无人付托，癸丑夏将此卷托于津门张鹤宾名毓芳，博雅端人，工书法，精铁笔，有嗜古之癖，此诗得所依归，不至湮没。

光绪丙子（一八七六）付刻时有梅宝璐序云：

诗本藏常山梁石川先生钺手，先生为明府高足，久欲刊传以报师德，讵奈妙手空空（案梁梅二君古文均不甚佳，忍不住要批评一句），年衰难待，不获已寄托于津门张君鹤宾手，并缀跋语以志原委。时鹤宾安砚常山鹾馆，咸丰癸丑秋粤逆北犯，遂避乱旋津，所遗书卷被人干没，馀物皆不惜，唯《梦馀诗钞》以受梁公重托，恒悒悒不去诸怀，乱后访求得耗，复出重资将此卷赎出，计今藏之又廿有馀年。鹤宾急欲报知己而阐先型，嘱余代为选订，冀筹诸同志，先付手民。……篇中皆明府手订，何忍擅自芟裁，特恐力有未周，谨于八卷中择录过半，计古近体四百七十首。世叔沈竹生先生兆淇，八十老人也，闻而义之，披阅一过，慨然曰，是不可以久湮，愿独力刊传，以副鹤宾殷殷不忘梁公重托之至意。

梁张沈三公都很有古道，可谓三难并矣。唯邵无恙两种诗集的刊行一样的经过些波折，后来也一样的少见，很有点奇怪。光绪丁丑年的天津刻本我在北京迄未遇见过，现在碰着这部原稿固然亦复佳，却是价不廉，不佞未免有乡曲之见平常喜欢搜集一点越人著作，但出不起重资，而此在我的收藏里要算是例外之一了。

《梦馀诗钞》全部共诗九百十首，《镜西阁诗选》则有一千另九十首。但诗钞有嘉庆己巳（一八〇九）自序，一至七卷平均每卷百二十首，第八卷只六十首，盖确系自编本，又虽不编年而其诗似均按年代记录，是其长处，至于两本异同顷尚未暇细较。这里我觉得有意思的是两者的来源的问题。据陈云伯序中云：

> 乞得先生生平所作诗十馀册，破十馀昼夜，录十四五。

案此在嘉庆戊午之前，当为丁巳（一七九七）年。又云：

> 方余之期君渡江也（案时为己未年），舟中遭胠箧失其稿本，仅存罢官后数卷，后亦间有所作，均为公子民怀携至中州，及民怀南归卒于舟次，稿本又复散佚。外舅龚快哉先生，君内兄也，端乞求诸其家，就余旧本校讹补缺，重为编辑，始成今本。

据这里所说，稿本早已完全散佚了，虽然“其家”（当然不是龚家而是邵家吧?）似乎还有可据以校补的东西，不过没有说得明白。但是诗钞有自序，题嘉庆己巳正月，盖邵氏物故的前一年，末云：“编录所存，辄不禁涕之交颐也。”可见这是他自己的编订本。梁跋说明系亲笔自书者，他们既是师弟关系，这自然不至于有错，而其来源又很的确，所谓哲嗣虽未说出名号，必是民怀无疑，盖据陈云伯所作传云："子一，恩。"民怀即恩的台甫，邵氏只有这一个儿子，此外大约本来还有，但看诗中所记都已早殇了。可是这里就有了问题。梁石川在道光丙申丁酉之交从少尹得到诗稿，事在《镜西阁诗选》刻成后六七年，诗选的陈序里却已说民怀南归卒于舟次云云，事实便不相合。我想陈云伯对于邵家的事也是不见得会弄错的，或者梁石川老年记错了年月，原来是道光甲申乙酉之交吧？无论如何，陈梁二君的话总合不起来，一个说稿本都已散佚，一个又明明藏着亲笔的稿本，而汪允庄乞龚快哉求诸其家的时候，似乎也没有拿出来，因为这里边有篇自序是很重要的，不然总当收到诗选里去罢。这中间有什么事情存在，我们现在是不得而知了。

邵无恙与袁子才的关系到底怎样，这也是一个不易明白的问题。陈云伯撰传中云：

> 时袁大令枚居金陵，以诗文雄长海内，君以诗示之，所论不中肯綮，乃不复与谈，亦不再示人。

又《镜西阁诗选》书后云：

梦馀在江左尝录其精诣一册呈随园，随园所评不尽当，因以为世无知己，不复出以示人。

汪允庄题诗之一注云：

先生存日尝以诗谒随园，鉴别无当，遂不复示人，故时罕知之。

程序伯在诗选序中亦云：

山阴邵梦馀先生于诗致力甚深而名未著，时随园为海内龙门，先生以诗质之，论不合，遂秘所作，绝不示人，谓世无知己，不当复议此事。

以上所说大约是出于同一根源，虽然总是事出有因，实在却似乎未必完全如此。《随园诗话》卷八云：

戊申春余阻风燕子矶，见壁上题云，一夜山风歇，僧扫门前花。又云，夜闻㭝杙声，知有孤舟泊。喜其高淡，访之乃知是邵明府作，未几以诗见投，长篇不能尽录，记竹枝云，送郎下扬州，留侬江上住，郎梦渡江来，侬梦渡江去。若耶湖水似西泠，莲叶波光一片青，郎唱吴歌侬唱越，大家花下并船听。（案“莲叶”《诗选》作“月映”，《诗钞》作“月色”。）又梦中得句云，涧泉分石过，村树接烟生，皆妙。邵名帆，字无恙，山阴人。

又补遗卷五云：

颜鉴堂希源有《百美新咏图》，邵无恙帆亦有《历代宫闱杂咏图》，皆乞余为序，余衰老才尽，作散骈两体文以应之。

随园的骈文序至今在杂咏卷首，就是在诗集里也多提到随园，似乎感情并不坏的样子。诗选卷五有《简袁简斋先生》七律一首（查诗钞稿本无此诗），末联曰："十载怀中藏一刺，爱才终向孔融投。"注云：

余未识先生，先生见余题燕子矶永济寺诗，极口推许，并录入诗话。

又卷六有《怀人感旧诗》二十二首，其四即袁简斋（诗钞共有诗三十首，此为第五），颇致推崇，如云："曾烦泮巷寻三径（诗钞三作幽，有注云，余寓白下泮巷西偏），不到随园已五年。"则亦颇有交谊，固不仅集中诗酒唱酬可为证据也。卷八《读小仓山房诗集书后》有云："盖棺新论多嫌刻（注云，近有目以诗妖者），量斗奇才少角雄。"态度殊为公正，末云："苏门尚起横流叹，不请删诗竟负公。"注云：

荷塘曾以《小仓山房全集》嘱余选其最胜者，于七千馀首中得百三十馀篇，荷塘叹曰，今日乃见小仓真面目矣。余屡欲请先生自为删定全集，仿《渔洋精华录》之例，卒卒未果也。

在这一节里更明显的看出他的态度，他与随园论诗意见或者不合一，但是他承认随园的才与气魄，说他没有一点知己之感也并不然，即使他未肯承认随园知诗，如自序中不说及是也。据我想这未必是“不复示人故时罕知之”，但邵无恙的诗的确时运蹭蹬，刊刻不易，流传不广，知道的也很少，真是奇怪。陶凫亭编《全浙诗话》五十四卷，邵无恙只有一条，即是《随园诗话》。商宝意选《越风》三十卷，并没有邵无恙，虽然他们原是相识，诗钞稿本卷四有“戏和商宝意先生横陈图二首”，以前后年月考之当在乾隆壬子年，即《名媛杂咏》付梓时也。无恙之祖廷镐著有《姜畦诗集》六卷，邵氏诗中亦常提及，《全浙诗话》亦根据随园记其咏廿四堆的一条，却只题曰“邵姜畦，名未详”。这《姜畦诗集》寒斋亦有收藏，却如此不为世所知，殊不可解。邵氏世以诗名，而祖孙文字之缘同一的悭，岂亦数耶？

《镜西阁诗选》陈云伯序云：“梦馀先生既殁之二十年为今道光十年。”道光十年庚寅，计二十年前当为庚午，即嘉庆十五年（一八一〇）。又传云卒年六十一。查《梦馀诗钞》自序云：“入此岁来，年六十矣。”时为嘉庆己巳（一八〇九），次年为庚午，正与上文所说相合。案推算其生年当在乾隆十五年庚午，即西历一七五〇年也。

民国廿五年八月二十日，于北平知堂。

【鄢校】

①“县”原作“悬”。

关于鲁迅

《阿Q正传》发表以后，我写过一篇小文章，略加以说明，登在那时的《晨报副镌》上。后来《阿Q正传》与《狂人日记》等一并编成一册，即是《呐喊》，出在《新潮社丛书》里，其时傅孟真罗志希诸君均已出国留学去了，《新潮》交给我编辑，这丛书的编辑也就用了我的名义。出版以后大被成仿吾所挖苦，说这本小说集既然是他兄弟编的，一定好的了不得。——原文不及查考，大意总是如此。于是我恍然大悟，原来关于此书的编辑或评论，我是应当回避的。这是我所得的第一个教训。不久在中国文坛上又起了《阿Q正传》是否反动的问题。恕我记性不好，不大能记得谁是怎么说的了，但是当初决定《正传》是落伍的反动的文学的，随后又改口说这是中国普罗文学的正宗者，往往有之。这一笔"阿Q的旧帐"至今我还是看不懂，本来不懂也没有什么要紧，不过这切实的给我一个教训，就是使我明白这件事的复杂性，最好还是不必过问。于是我就不再过问，就是那一篇小文章也不收到文集里去，以免为无论哪边的批评家所援引，多生些小是非。现在鲁迅死了，一方面固然也可以如传闻乡试封门时所祝，正是“有恩报恩有怨报怨”的时候，一方面也可以说，要骂的捧的或利用的都已失了对象，或者没有什么争论了亦未可知。这时候我想来说几句话，似乎可以不成问题，而且未必是无意义的事，因为鲁迅的学问与艺术的来源有些都非外人所能知，今本人已死，舍弟那时年幼亦未闻知，我所知道已为海内孤本，深信值得录存，事虽细微而不虚诞，世之识者当有取焉。这里所说限于有个人独到之见独创之才的少数事业，若其他言行已有人云亦云的毁或誉者概置不论，不但仍以避免论争，盖亦本非上述趣意中所摄者也。

鲁迅本名周樟寿，生于清光绪辛巳八月初三日。祖父介孚公在北京做京官，得家书报告生孙，其时适有张——之洞还是之万呢？来访，因为命名曰张，或以为与灶君同生日，故借灶君之姓为名，盖非也。书名定为樟寿，虽然清道房同派下群从谱名为寿某，祖父或忘记或置不理均不可知，乃以寿字属下，又定字曰豫山，后以读音与雨伞相近，请于祖父改为豫才。

戊戌春间往南京考学堂，始改名树人，字如故，义亦可相通也。留学东京时，刘申叔为河南同乡办杂志曰《河南》，孙竹丹来为拉稿，豫才为写几篇论文，署名一曰迅行，一曰令飞，至民七在《新青年》上发表《狂人日记》，于迅上冠鲁姓，遂成今名。写随感录署名唐俟，唐者“功不唐捐”之唐，意云空等候也，《阿Q正传》特署巴人，已忘其意义。

鲁迅在学问艺术上的工作可以分为两部，甲为搜集辑录校勘研究，乙为创作。今略举于下：

甲部

一、《会稽郡故书杂集》。

二、谢承《后汉书》（未刊）。

三、《古小说钩沉》（未刊）。

四、《小说旧闻钞》。

五、《唐宋传奇集》。

六、《中国小说史》。

七、《嵇康集》（未刊）。

八、《岭表录异》（未刊）。

九、汉画石刻（未完成）。

乙部

一、小说：《呐喊》《彷徨》。

二、散文：《朝华夕拾》等。

这些工作的成就有大小，但无不有其独得之处，而其起因亦往往很是久远，其治学与创作的态度与别人颇多不同，我以为这是最可注意的事。豫才从小就喜欢书画，——这并不是书家画师的墨宝，乃是普通的一册一册的线装书与画谱。最初买不起书，只好借了绣像小说来看。光绪癸巳祖父因事下狱，一家分散，我和豫才被寄存在大舅父家里，住在皇甫庄，是范啸风的隔壁，后来搬往小皋步，即秦秋渔的娱园的厢房。这大约还是在皇甫庄的时候，豫才向表兄借来一册《荡寇志》的绣像，买了些叫作吴公纸的一种毛太纸来，一张张的影描，订成一大本，随后仿佛记得以一二百文钱的代价卖给书房里的同窗了。回家以后还影写了好些画谱，还记得有一次在堂前廊下影描马镜江的《诗中画》，或是王冶梅的《三十六赏心乐事》，描了一半暂时他往，祖母看了好玩，就去画了几笔，却画坏了，豫才扯去另画，祖母有点怅然。后来压岁钱等等略有积蓄，于是开始买书，不再借抄了。顶早买到的大约是两册石印本冈元凤所著的《毛诗品物图考》，这书最初也是在皇甫庄见到，非常歆羡，在大街的书店买来一部，偶然有点纸破或墨污，总不能满意，便拿去掉换，至再至三，直到伙计烦厌了，戏弄说，这比姊姊的面孔还白呢，何必掉换，乃愤然出来，不再去买书。这书店大约不是墨润堂，却是邻近的奎照楼吧。这回换来的书好像又有什么毛病，记得还减价以一角小洋卖给同窗，再贴补一角去另买了一部。画谱方面那时的石印本大抵陆续都买了，《芥子园画传》自不必说，可是却也不曾自己学了画。此外陈淏子的《花镜》恐怕是买来的第一部书，是用了二百文钱从一个同窗的本家那里得来的。家中原有几箱藏书，却多是经史及举业的正经书，也有些小说如《聊斋志异》《夜谈随录》，以至《三国演义》《绿野仙踪》等，其馀想看的须得自己来买添，我记得这里边有《酉阳杂俎》《容斋随笔》《辍耕录》《池北偶谈》《六朝事迹类编》《二酉堂丛书》《金石存》《徐霞客游记》等。新年出城拜岁，来回总要一整天，船中枯坐无聊，只好看书消遣，那时放在“帽盒”中带了去的大抵是《游记》或《金石存》，——后者自然是石印本，前者乃是图书集成局的扁体字的。《唐代丛书》买不起，托人去转借来看过一遍，我很佩服那里的一篇《黑心符》，抄了《平泉草木记》，豫才则抄了三卷《茶经》和《五木经》。好容易凑了块把钱，买来一部小丛书，共二十四册，现在头本已缺无可查考，但据每册上特请一位族叔题的字，或者名为“艺苑捃华”吧，当时很是珍重耽读，说来也很可怜，这原来乃是书估从《龙威秘书》中随意抽取，杂凑而成的一碗“拼拢坳羹”而已。这些事情都很琐屑，可是影响却颇不小，它就“奠定”了半生学问事业的倾向，在趣味上到了晚年也还留下好些明了的痕迹。

戊戌往南京，由水师改入陆师附设的路矿学堂，至辛丑毕业派往日本留学，此三年中专习科学，对于旧籍不甚注意，但所作随笔及诗文盖亦不少，在我的旧日记中略有录存。如戊戌年作《戛剑生杂记》四则云：

> 行人于斜日将堕之时，暝色逼人，四顾满目非故乡之人，细聆满耳皆异乡之语，一念及家乡万里，老亲弱弟必时时相语，谓今当至某处矣，此时真觉柔肠欲断，涕不可仰。故予有句云，日暮客愁集，烟深人语喧。皆所身历，非托诸空言也。
>
> ×
>
> 生鲈鱼与新粳米炊熟，鱼须砍小方块，去骨，加秋油，谓之鲈鱼饭。味甚鲜美，名极雅饬，可入林洪《山家清供》。
>
> ×
>
> 夷人呼茶为梯，闽语也。闽人始贩茶至夷，

故夷人效其语也。

×

试烧酒法，以缸一只猛注酒于中，视其上面浮花，顷刻迸散净尽者为活酒，味佳，花浮水面不动者为死酒，味减。

又《莳花杂志》二则云：

晚香玉本名土馝螺斯，出塞外，叶阔似吉祥草，花生穗间，每穗四五球，每球四五朵，色白，至夜尤香，形如喇叭，长寸馀，瓣五六七不等，都中最盛。昔圣祖仁皇帝因其名俗，改赐今名。

×

里低母斯，苔类也，取其汁为水，可染蓝色纸，遇酸水则变为红，遇碱水又复为蓝。其色变换不定，西人每以之试验化学。

诗则有庚子年作《莲蓬人》七律，《庚子送灶即事》五绝，各一首，又庚子除夕所作《祭书神文》一首，今不具录。辛丑东游后曾寄数诗，均分别录入旧日记中，大约可有十首，此刻也不及查阅了。

在东京的这几年是鲁迅翻译及写作小说之修养时期，详细须得另说，这里为免得文章线索凌乱，姑且从略。鲁迅于庚戌（一九一〇年）归国，在杭州两级师范绍兴第五中学及师范等校教课或办事，民元以后任教育部佥事，至十四年去职，这是他的工作中心时期，其间又可分为两段落，以《新青年》为界。上期重在辑录研究，下期重在创作，可是精神还是一贯，用旧话来说可云不求闻达。鲁迅向来勤苦作事，为他人所不能及，在南京的时候手抄汉译赖耶尔（C. Lyell）的《地学浅说》（案即是 *Principles of Geology*）两大册，图解精密，其他教本称是，但因为我不感到兴趣，所以都忘记是什么书了。归国后他就开始抄书，在这几年中不知共有若干种，只是记得的就有《穆天子传》《南方草木状》《北户录》《桂海虞衡志》，程瑶田的《释虫小记》，郝懿行的《燕子春秋》《蜂衙小记》与《记海错》，还有从《说郛》抄出的多种。其次是辑书。清代辑录古逸书的很不少，鲁迅所最受影响的还是张介侯的二酉堂吧，如《凉州记》，段颎阴铿的集，都是乡邦文献的辑集也。（老实说，我很喜欢张君所著书，不但是因为辑古逸书收存乡邦文献，刻书字体也很可喜，近求得其所刻《蜀典》，书并不珍贵，却是我所深爱。）他一面翻古书抄唐以前小说逸文，一面又抄唐以前的越中史地书。这方面的成绩第一是一部《会稽郡故事杂集》，其中有谢承《会稽先贤传》，虞预《会稽典录》，钟离岫《会稽后贤传记》，贺氏《会稽先贤像赞》，朱育《会稽土地记》，贺循《会稽记》，孔灵符《会稽记》，夏侯曾先《会稽地志》，凡八种，各有小引，卷首有叙，题曰太岁在阏逢摄提格（民国三年甲寅）九月既望记，乙卯二月刊成，木刻二册。叙中有云：

> 幼时尝见武威张澍所辑书，于凉土文献撰集甚众，笃恭乡里，尚此之谓，而会稽故籍零落，至今未闻后贤为之纲纪，乃创就所见书传刺取遗篇，累为一帙。

又云：

> 书中贤俊之名，言行之迹，风土之美，多有方志所遗，舍此更不可见，用遗邦人，庶几供其景行，不忘于故。

这里辑书的缘起与意思都说的很清楚，但是另外有一点值得注意的，叙文署名“会稽周作人记”，向来算是我的撰述，这是什么缘故呢？查书的时候我也曾帮过一点忙，不过这原是豫才的发意，其一切编排考订，写小引叙文，都是他所做的，起草以至誊清大约有三四遍，也全是自己抄写，到了付刊时却不愿出名，说写你的名字吧，这样便照办了，一直拖了二十馀年[①]。现在觉得应该说明了，因为这一件小事我以为很有点意义。这就是证明他做事全不为名誉，只是由于自己的爱好。这是求学问弄艺术的最高的态度，认得鲁迅的人平常所不大能够知道的。

其所辑录的古小说逸文也已完成，定名为《古小说钩沉》，当初也想用我的名字刊行，可是没有刻板的资财，托书店出版也不成功，至今还是搁着。此外又有一部谢承《后汉书》，因为谢伟平是山阴人的缘故，特为辑集，可惜分量太多，所以未能与《故书杂集》同时刊板，这从笃恭乡里的见地说来也是一件遗憾的事。豫才因为古小说逸文的搜集，后来能够有《小说史》的著作，说起缘由来很有意思。豫才对于古小说虽然已有十几年的用力（其动机当然还在小时候所读的书里），但因为不喜夸示，平常很少有人知道。那时我在北京大学中国文学系做“票友”，马幼渔君正当主任，有一年叫我讲两小时的小说史，我冒失的答应了回来，同豫才说起，或者由他去教更为方便，他说去试试也好，于是我去找幼渔换了别的什么功课，请豫才教小说史，后来把讲义印了出来，即是那一部书。其后研究小说史的渐多，如胡适之马隅卿郑西谛孙子书诸君，各有收获，有后来居上之概，但那些似只在后半部，即宋以来的章回小说部分，若是唐以前古逸小说的稽考恐怕还没有更详尽的著作，这与《古小说钩沉》的工作正是极有关系的。对于画的爱好使他后来喜欢翻印外国的板画，编选北平的诗笺，为世人所称，但是他半生精力所聚的汉石刻画像终于未能编印出来，或者也还没有编好吧。

末了我们略谈鲁迅创作方面的情形。他写小说其实并不始于《狂人日记》，辛亥冬天在家里的时候曾经写过一篇，以东邻的富翁为“模特儿”，写革命的前夜的事，性[2]质不明的革命军将要进城，富翁与清客闲汉商议迎降，颇富于讽刺的色彩。这篇文章未有题名，过了两三年由我加了一个题目与署名，寄给《小说月报》，那时还是小册，系恽铁樵编辑，承其复信大加称赏，登在卷首，可是这年月与题名都完全忘记了，要查民初的几册旧日记才可知道。第二次写小说是众所共知的《新青年》时代，所用笔名是鲁迅，在《晨报副镌》为孙伏园每星期日写《阿Q正传》则又署名巴人，所写随感录大抵署名唐俟，我也有一两篇是用这个署名的，都登在《新青年》上，近来看见有人为鲁迅编一本集子，里边所收就有一篇是我写的，后来又有人选入什么读本内，觉得有点可笑。当时世间颇疑巴人是蒲伯英，鲁迅则终于无从推测，教育部中有时纷纷议论，毁誉不一，鲁迅就在旁边，茫然相对，是很有“幽默”趣味的事。他为什么这样做的呢？并不如别人所说，因为言论激烈所以匿名，实在只如上文所说不求闻达，但求自由的想或写，不要学者文人的名，自然也更不为利，《新青年》是无报酬的，晨报副刊多不过一字一二厘罢了。以这种态度治学问或做创作，这才能够有独到之见，独创之才，有自己的成就，不问工作大小都有价值，与制艺异也。鲁迅写小说散文又有一特点，为别人所不能及者，即对于中国民族的深刻的观察。大约现代文人中对于中国民族抱着那样一片黑暗的悲观的难得有第二个人吧。豫才从小喜欢“杂览”，读野史最多，受影响亦最大，——譬如读过《曲洧旧闻》里的“因子巷”一则，谁会再忘记，会不与《一个小人物的忏悔》所记的事情同样的留下很深的印象呢？在书本里得来的知识上面，又加上亲自从社会里得来的经验，结果便造成一种只有苦痛与黑暗的人生观，让他无条件（除艺术的感觉外）的发现出来，就是那些作品。从这一点说来，《阿Q正传》正是他的代表作，但其被普罗批评家所（曾）痛骂也正是应该的。这是寄悲愤绝望于幽默，在从前那篇小文里我曾说用的是显克微支夏目漱石的手法，著者当时看了我的草稿也加以承认的，正如《炭画》一般里边没有一点光与空气，到处是愚与恶，而愚与恶又复厉害到可笑的程度。有些牧歌式的小说[③]都非佳作，《药》里稍露出一点的情热，这是对于死者的，而死者又已是做了“药”了，此外就再也没有东西可以寄托希望与感情。不被礼教吃了肉去，就难免被做成“药渣”，这是鲁迅对于世间的恐怖，在作品上常表现出来，事实上也是如此。讲到这里，我的话似乎可以停止了，因为我只想略讲鲁迅的学问艺术上的工作的始基，这有些事情是人家所不能知道的，至于其他问题能谈的人很多，还不如等他们来谈罢。

廿五年十月廿四日，北平。

【锺校】

①“馀年”原作“年馀”。

②“性”原作“情”。

③“说”原作“话”。

《关于鲁迅》书后

日前给《宇宙风》写了一篇关于鲁迅的文章，随后宇宙风社来信说，在东京的一段落未曾写入，嘱再写一篇当作补遗。本来在“吃烈士”之风正盛的时候，我不预备多写以免有嫌疑，但如补前篇的遗漏，那也似乎无妨，所以勉强再写了一点寄去。这是十一月八日的事，次日接到武昌来的一明信片，其文云：

> 鲁迅先生死了！
>
> 今天看见《宇宙风》二十八期所载下期新目预告，将有《鲁迅的学问》一文发表。我想，鲁迅先生的学问，先生是不会完全懂得的，此事可不劳费神，且留待别些年青人去做，若稿已告成，自可束之高阁，不必发表。此上祝好！武昌田上。

这种信或文章在我看了是并不觉得希奇的，因为我有点儿像王荆公的样子觉得人言不足信，自己的短长还是自己知道的最清楚，虽然称赞当然要比骂好，但听了总都是耳边风也。这回对于武昌田君的信片却特别觉得有兴趣。为什么呢？《明珠》栏刚有长之的小文，题曰《封条》，末节有云：

> 现在中国文坛上损失了一位大人物——鲁迅。于是我又开始看见各色各样的封条，大概仍是封好了，不许动，完事。这恐怕是中国人所最善于作的了，作书是为要人看，但在中国却是要藏之名山，书是为要人读，但在中国却要束之高阁。

田君的信片上明明令人“束之高阁”，觉得这是很好的资料，可以给封条主义做个实例。至于我那两篇文章却终于发表了，因为我觉得没有遵命之必要。那文章差不多都是行状中的零碎材料，假如有毛病则其唯一的毛病该是遗忘，即在不能完全记得而不在懂得与否。我在这里觉得很有兴趣的，即田君未曾见到文中所说何事而便云不必发表。老实说，我那篇文章里遗漏当然很多，如豫才捐刊《百喻经》这一件事，便是刚才读了《民间》周刊上伏园的文章才记起来的。经末识语云：

> 会稽周树人施洋银六十元，敬刻此经，连圈计字二万一千零八十一个，印送功德书一百本，

徐资六元拨刻《地藏十轮经》。民国三年秋九月，金陵刻经处识。

本来事情太多了，老人又记性不好，有些事的确要靠朋友们帮忙才能凑足，自然有些也是别人不会知道的。田君于未见之先便如此不满足，其殆有先见欤？希望读后更能匡我不逮，如伏园那么有所补益，愿谨候明教。如或单纯是封条主义，则不佞素不喜各色封条，幸恕不能承教耳。

十一月十七日。

关于鲁迅之二

我为《宇宙风》写了一篇关于鲁迅的学问的小文之后便拟暂时不再写这类文章，所以有些北平天津东京的新闻杂志社的嘱托都一律谢绝了，因为我觉得多写有点近乎投机学时髦，虽然我所有的资料都是事实，并不是普通《宦乡要则》里的那些祝文祭文。说是事实，似乎有价值却也没价值，因为这多是平淡无奇的，不是奇迹，不足以满足观众的欲望。一个人的平淡无奇的事实本是传记中的最好资料，但唯一的条件是要大家把他当做“人”去看，不是当做“神”，——即是偶像或傀儡，这才有点用处，若是神则所需要者自然别有神话与其神学在也。乃宇宙风社来信，叫我再写一篇，略说豫才在东京时的文学的修养，算作前文的补遗，因为我在那里边曾经提及，却没有叙述。这也成为一种理由，所以补写了这篇小文，姑且当作一点添头也罢。

豫才的求学时期可以分作三个段落，即自光绪戊戌（一八九八）至辛丑（一九〇一）在南京为前期，自辛丑至丙午（一九〇六）在东京及仙台为中期，自丙午至己酉（一九〇九）又在东京为后期。这里我所要说的只是后期，因为如他的自述所说，从仙台回到东京以后他才决定要弄文学。但是在这以前他也未尝不喜欢文学，不过只是赏玩而非攻究，且对于文学也还未脱去旧的观念。在南京的时候豫才就注意严幾道的译书，自《天演论》以至《法意》，都陆续购读。其次是林琴南，自《茶花女遗事》出后，随出随买，我记得最后的一部是在东京神田的中国书林所买的《黑太子南征录》，一总大约有二三十种罢。其时"冷血"的文章正很时新，他所译述的《仙女缘》《白云塔》我至今还约略记得，还有一篇嚣俄（Victor Hugo）的侦探谈似的短篇小说，叫作什么尤皮的，写得很有意思。苏曼殊又同陈独秀在《国民日日新闻》上译登《惨世界》，于是一时嚣俄成为我们的爱读书，搜来些英日文译本来看。末了是梁任公所编刊的《新小说》。《清议报》与《新民丛报》的确都读过，也很受影响，但是《新小说》的影响总是只有更大不会更小。梁任公的《论小说与群治之关系》当初读了的确很有影响，虽然对于小说的性质与种类，后来意见稍稍改变，大抵由科学或政治的小说渐转到更纯粹的文艺作品上去了。不过这只是不看重文学之直接的教训作用，本意还没有什么变更，即仍主张以文学来感化社会，振兴民族精神，用后来的熟语来说，可以说是属于为人生的艺术这一派的。丙午年夏天豫才在仙台的医学专门学校退了学，回家去结婚，其时我在江南水师学堂，前一年的冬天到北京练兵处考取留学日本，在校里闲住半年，这才决定被派去学习土木工程，秋初回家一转，同豫才到东京去。豫才再到东京的目的他自己已经在一篇文章中说过，不必重述，简单的一句话就是欲救中国须从文学始。他的第一步的运动是办杂志。那时留学生办的杂志并不少，但是没有一种是讲文学的，所以发心想要创办，名字定为《新生》，——这是否是借用但丁的，有点记不清楚了，但多少总有关系。其时留学界的空气是偏重实用，什九学法政，其次是理工，对于文学都很轻视，《新生》的消息传出去时大家颇以为奇，有人开玩笑说这不会是学台所取的进学新生么。又有人（仿佛记得是胡仁源）对豫才说，你弄文学做甚，有什么用处？答云，学文科的人知道学理工也有用处，这便是好处。客乃默然。看这种情形，《新生》的不能办得好原是当然的。《新生》的撰述人共有几个我不大记得了，确实的人数里有一位许季黻（寿裳），听说还有袁文薮，但他往西洋去后就没有通信。结果这杂志没有能办成，我曾根据安特路朗（Andrew Lang）的几种书写了半篇《日月星之神话》，稿今已散失，杂志的原稿纸却还有好些存在。

办杂志不成功，第二步的计划是来译书。翻译比较通俗的书卖钱是别一件事，赔钱介绍文学又是一件事，这所说的自然是属于后者。结果经营了好久，总算印出了两册《域外小说集》。第一册上有一篇序言，是豫才的手笔，说明宗旨云：

《域外小说集》为书，词致朴讷，不足方近世名人译本，特收录至审慎，移译亦期弗失文情。异域文术新宗，由此始入华土。使有士卓特，不为常俗所囿，必将犁然有当于心，按邦国时期，籀读其心声，以相度神思之所在。则此虽大海之微沤与，而性解思惟，实寓于此。中国译界，亦由是无迟莫之感矣。己酉正月十五日。

过了十一个年头，民国九年春天上海群益书社愿意重印，加了一篇新序，用我出名，也是豫才所写的，头几节是叙述当初的情形的，可以抄在这里：

我们在日本留学的时候，有一种茫漠的希望，以为文艺是可以转移性情，改造社会的。因为这意见，便自然而然的想到介绍外国新文学这一件事。但做这事业，一要学问，二要同志，三要工夫，四要资本，五要读者。第五样逆料不得，上四样在我们却几乎全无。于是又自然而然的只能小本经营，姑且尝试，这结果便是译印《域外小说集》。

当初的计画，是筹办了连印两册的资本，待到卖回本钱，再印第三第四，以至第多少册的。如此继续下去，积少成多，也可以约略介绍了各国名家的著作了。于是准备清楚，在一九〇九年二月，印出第一册，到六月间，又印出了第二册。寄售的地方，是上海和东京。

半年过去了，先在就近的东京寄售处结了账。计第一册卖去了二十一本，第二册是二十本，以后可再也没有人买了。那第一册何以多卖一本呢？就因为有一位极熟的友人，怕寄售处不遵定价，额外需索，所以亲去试验一回，果然划一不二，就放了心，第二本不再试验了。但由此看来，足见那二十位读者，是有出必看，没有一人中止的，我们至今很感谢。

至于上海，是至今还没有详细知道。听说也不过卖出了二十册上下，以后再没有人买了。于是第三册只好停版，已成的书便都堆在上海寄售处堆货的屋子里。过了四五年，这寄售处不幸失了火，我们的书和纸板都连同化成灰烬。我们这过去的梦幻似的无用的劳力，在中国也就完全消灭了。

这里可以附注几句。《域外小说集》第一册印了一千本，第二册只有五百本。印刷费是蒋抑卮（鸿林）代付的，那时蒋君来东京医治耳疾，听见译书的计画甚为赞成，愿意帮忙，上海寄售处也即是他的一家绸缎庄。那个去试验买书的则是许季黻也。

《域外小说集》两册中共收英美法各一人一篇，俄四人七篇，波兰一人三篇，波思尼亚一人二篇，芬兰一人一篇。从这上边可以看出一点特性来，即一是偏重斯拉夫系统，一是偏重被压迫民族也。其中有俄国的安特来夫（Leonid Andrejev）作二篇，伽尔洵（V. Garshin）作一篇，系豫才根据德文本所译。豫才不知何故深好安特来夫，我所能懂而喜欢者只有短篇《齿痛》（*Ben Tobit*），《七个绞死的人》与《大时代的小人物的忏悔》二书耳。那时日本翻译俄国文学尚不甚发达，比较的绍介得早且亦稍多的要算屠介涅夫，我们也用心搜求他的作品，但只是珍重，别无翻译的意思。每月初各种杂志出版，我们便忙着寻找，如有一篇关于俄文学的绍介或翻译，一定要去买来，把这篇拆出保存，至于波兰自然更好，不过除了《你往何处去》《火与剑》之外不会有人讲到的，所以没有什么希望。此外再查英德文书目，设法购求古怪国度的作品，大抵以俄，波兰，捷克，塞尔比亚，勃耳伽利亚，波思尼亚，芬兰，匈加利，罗马尼亚，新希腊为主，其次是丹麦瑙威瑞典荷兰等，西班牙义大利便不大注意了。那时日本大谈自然主义，这也觉得是很有意思的事，但是所买的法国著作大约也只是茀罗贝尔，莫泊三，左拉诸大师的二三卷，与诗人波特莱耳，威耳伦的一二小册子而已。上边所说偏僻的作品英译很少，德译较多，又多收入勒克阑等丛刊中，价廉易得，常开单托相模屋书店向丸善定购，书单一大张而算账起来没有多少钱，书店的不惮烦肯帮忙也是很可感的，相模屋主人小泽死于肺病，于今却已有廿年了。德文杂志中不少这种译文，可是价太贵，只能于旧书摊上求之，也得了许多，其中有名叫什么 Aus Fremden Zungen（记不清楚是否如此）的一种，内容最好，曾有一篇批评荷兰凡蔼覃的文章，豫才的读《小约翰》与翻译的意思实在是起因于此的。

这许多作家中间，豫才所最喜欢的是安特来夫，或者这与爱李长吉有点关系罢，虽然也不能确说。此外有伽尔洵，其《四日》一篇已译登《域外小说集》中，又有《红花》则与莱耳孟托夫（M. Lermontov）的《当代英雄》，契诃夫（A. Tchekhov）的《决斗》，均未及译，又甚喜科洛连珂（V. Korolenko），后来只由我译其《玛加耳的梦》一篇而已。高尔基虽已有名，《母亲》也有各种译本了，但豫才不甚注意，他所最受影响的却是果戈里（N. Gogol），《死灵魂》还居第二位，第一重要的还是短篇小说《狂人日记》《两个伊凡尼支打架》，喜剧《巡按》等。波兰作家最重要的是显克微支（H. Sienkiewicz），《乐人扬珂》等三篇我都译出登在小说集内，其杰作《炭画》后亦译出，又《得胜的巴耳得克》未译至今以为憾事。用幽默的笔法写阴惨的事迹，这是果戈里与显克微支二人得意的事，《阿Q正传》的成功其原因亦在于此，此盖为不懂幽默而乱骂乱捧的人所不及知者也。（《正传》第一章的那样缠夹亦有理由，盖意在讽刺历史癖与考据癖，但此本无甚恶意，与《故事新编》中的《治水》有异。）捷克有纳卢陀（Neruda）扶尔赫列支奇（Vrchlicki），亦为豫才所喜，又芬阑乞食诗人丕佛林多（Päivärinta）所作小说集亦所爱读不释者，均未翻译。匈加利则有诗人裴象飞（Petöfi Sandor），死于革命之战，豫才为《河南》杂志作《摩罗诗力说》，表章摆伦等人的“撒但派”，而以裴彖飞为之继，甚致赞美，其德译诗集一卷，又小说曰《绞手之绳》，从旧书摊得来时已破旧，豫才甚珍重之。对于日本文学当时殊不注意，森鸥外，上田敏，长谷川二叶亭诸人，差不多只重其批评或译文，唯夏目漱石作俳谐小说《我是猫》有名，豫才俟其印本出即陆续买读，又热心读其每日在《朝日新闻》上所载的《虞美人草》，至于岛崎藤村等的作品则始终未曾过问，自然主义盛行时亦只取田山花袋的《棉被》，佐藤红绿的《鸭》一读，似不甚感兴味。豫才后日所作小说虽与漱石作风不似，但其嘲讽中轻妙的笔致实颇受漱石的影响，而其深刻沉重处乃自果戈里与显克微支来也。豫才于拉丁民族的艺术似无兴会，德国则只取尼采一人，《札拉图斯忒拉如是说》常在案头，曾将序说一篇译出登杂志上，这大约是《新潮》吧。尼采之进化论的伦理观我也觉得很有意思，但是我不喜欢演剧式的东西，那种格调与文章就不大合我的胃口，所以我的一册英译本也搁在书箱里多年没有拿出来了。

豫才在医学校的时候学的是德文，所以后来就专学德文，在东京的独逸语学协会的学校听讲。丁未年（一九〇七）同了几个友人共学俄文，有季黻，陈子英（濬，因徐锡麟案避难来东京），陶望潮（铸，后以字行曰冶公），汪公权（刘申叔的亲属？后以侦探嫌疑被同盟会人暗杀于上海），共六人，教师名孔特夫人（Maria Konde），居于神田，盖以革命逃至日本者。未几子英先退，独自从师学，望潮因将往长崎从俄人学造炸药亦去，四人暂时支撑，卒因财力不继而散。戊申年（一九〇八）从太炎先生讲学，来者有季黻，钱均甫（家治），朱逷先（希祖），钱德潜（夏，今改名玄同），朱蓬仙（宗莱），龚未生（宝铨），共八人，每星期日至小石川的民报社，听讲《说文解字》。丙丁之际我们翻译小说，还多用林氏的笔调，这时候就有点不满意，即严氏的文章也嫌他有八股气了。以后写文多喜用本字古义，《域外小说集》中大都如此，斯谛普虐克（Stepniak）的《一文钱》（这篇小品我至今还是很喜欢）曾登在《民报》上，请太炎先生看过，改定好些地方，至民九重印，因恐印刷为难，始将这些古字再改为通用的字。这虽似一件小事，但影响却并不细小，如写鸟字下面必只两点，见樑字必觉得讨嫌，即其一例，此所谓文字上的一种洁癖，与复古全无关系，且正以有此洁癖乃能知复古之无谓，盖一般复古之徒皆不通，本不配谈，若穿深衣写篆字的复古，虽是高明而亦因此乃不可能也。

豫才那时的思想，我想差不多可以民族主义包括之，如所介绍的文学亦以被压迫的民族为主，俄则取其反抗压制也。但他始终不曾加入同盟会，虽然时常出入民报社，所与往来者多是同盟会的人。他也没有入光复会。当时陶焕卿（成章）也亡命来东京，因为同乡的关系常来谈天，未生大抵同来。焕卿正在连络江浙会党，计划起义，太炎先生每戏呼为焕强盗或焕皇帝，来寓时大抵谈某地不久可以“动”，否则讲春秋时外交或战争情形，口讲指画，历历如在目前。尝避日本警吏注意，携文件一部分来寓属代收藏，有洋抄本一，系会党的联合会章，记有一条云，凡犯规者以刀劈之。又有空白票布，红布上盖印，又一枚红缎者，云是“龙头”。焕卿尝笑语曰，填给一张正龙头的票布何如？数月后焕卿移居，乃复来取去。以浙东人的关系，豫才似乎应该是光复会中人了。然而又不然。这是什么缘故呢？我不知道。我所记述的都重在事实，并不在意义，这里也只是报告这么一件事实罢了。

这篇补遗里所记是丙午至己酉这四五年间的事，在鲁迅一生中属于早年，且也是一个很短的时期，我所要说的本来就只是这一点，所以就此打住了。我尝说过，豫才早年的事情大约我要算知道得顶多，晚年的是在上海的我的兄弟懂得顶清楚，所以关于晚年的事我一句都没有说过，即不知为不知也。早年也且只谈这一部分，差不多全是平淡无奇的事，假如可取，可取当在于此，但或者无可取也就在于此乎。

廿五年十一月七日，在北平。

［附记］为行文便利起见，除特别表示敬礼者外，人名一律称姓字，不别加敬称。

自己的文章

听说俗语里有一句话，人家的老婆与自己的文章总觉得是好的。既然是通行的俗语，那么一定有道理在里边，大家都已没有什么异议的了，不过在我看来却也有不尽然的地方。关于第一点，我不曾有过经验，姑且不去讲它[①]。文章呢，近四十年来古文白话胡乱地涂写了不少，自己觉得略有所知，可是我毫不感到天下文风全在绍兴而且本人就是城里第一。不，读文章不论选学桐城，稍稍辨别得一点好坏，写文章也微微懂得一点苦甘冷暖，结果只有“一丁点儿”的知，而知与信乃是不大合得来的，既知文章有好坏，便自然难信自己的都是好的了。

听人家称赞我的文章好，这当然是愉快的事，但是这愉快大抵也就等于看了主考官的批，是很荣幸的然而未必切实。有人好意地说我的文章写得平淡，我听了很觉得喜欢但也很惶恐。平淡，这是我所最缺少的，虽然也原是我的理想，而事实上绝没有能够做到一分毫，盖凡理想本来即其所最缺少而不能做到者也。现在写文章自然不能再讲什么义法格调，思想实在是很重要的，思想要充实已难，要表现得好更大难了，我所有的只有焦躁，这说得好听一点是积极，但其不能写成好文章来反正总是一样。民国十四年我在《雨天的书》序二中说：

> 我近来作文极慕平淡自然的景地。但是看古代或外国文学才有此种作品，自己还梦想不到有能做的一天，因为这有气质境地与年龄的关系，不可勉强，像我这样褊急的脾气的人，生在中国这个时代，实在难望能够从容镇静地做出平和冲淡的文章来。

又云：

> 我很反对为道德的文学，但自己总做不出一篇为文章的文章，结果只编集了几卷说教集，这是何等滑稽的矛盾。

近日承一位日本友人寄给我一册小书，题曰《北京的茶食》，内凡有《上下身》《死之默想》《沉默》《碰伤》等九篇小文，都是民十五左右所写的，译成流丽的日本文，固然很可欣幸，我重读一遍却又十分惭愧，那时所写真是太幼稚地兴奋了。过了十年，是民国二十四年了，我在《苦茶随笔》后记中说道：

> 我很惭愧老是那么热心，积极，又是在已经略略知道之后，——难道相信天下真有奇迹么？实实是大错而特错也。以后应当努力，用心写好文章，莫管人家鸟事，且谈草木虫鱼，要紧要紧。

这番叮嘱仍旧没有用处，那是很显然的。孔子曰，鸟兽不可与同群，吾非斯人之徒而谁与。中国是我的本国，是我歌于斯哭于斯的地方，可是眼见得那么不成样子，大事且莫谈，只一出去就看见女人的扎缚的小脚，又如此刻在写字耳边就满是后面人家所收广播的怪声的报告与旧戏，真不禁令人怒从心上起也。在这种情形里平淡的文情哪里会出来，手底下永远是没有，只在心目中尚存在耳，所以我的说平淡乃是跛者之不忘履也，诸公同情遂以为真是能履，跛者固不敢承受，诸公殆亦难免有失眼之讥矣。

又或有人改换名目称之曰闲适，意思是表示不赞成，其实在这里也是说得不对的。热心社会改革的朋友痛恨闲适，以为这是布耳乔亚的快乐，差不多就是饱暖懒惰而已。然而不然。闲适是一种很难得的态度，不问苦乐贫富都可以如此，可是又并不是容易学得会的。这可以分作两种。其一是小闲适，如俞理初在《癸巳存稿》卷十二关于闲适的文章里有云：

秦观词云，醉卧古藤阴下，了不知南北。王铚《默记》以为其言如此，必不能至西方净土。其论甚可憎也。……盖流连光景，人情所不能无，其托言不知，意本深曲耳。

如农夫终日车水，忽驻足望西山，日落阴凉，河水变色，若欣然有会，亦是闲适，不必卧且醉也。其二可以说是大闲适罢。沈赤然著《寄傲轩读书续笔》卷四云：

宋明帝遣药酒赐王景文死，景文将饮酒，谓客曰，此酒不宜相劝。齐明帝遣赍鸩逼巴陵王子伦死，子伦将饮，顾使者曰，此酒非劝客之具，不可相奉。其言何婉而趣也。大都从容镇静之态平时尚可伪为，至临死关头不觉本性全露，若二人者可谓视死如甘寝矣。

又如陶渊明《拟挽歌辞》之三云：

向来相送人，各自还其家，
亲戚或馀悲，他人亦已歌。

这样的死人的态度真可以说是闲适极了，再看那些参禅看话的和尚，虽似超脱，却还念念不忘腊月二十八，难免陶公要攒眉而去。夫好生恶死人之常情也，他们亦何必那么视死如甘寝，实在是“千年不复朝，贤达无奈何”耳，唯其无奈何所以也就不必多自扰扰，只以婉而趣的态度对付之，此所谓闲适亦即是大幽默也。但此等难事唯有贤达能做得到，若是凡人就是平常烦恼也难处理，岂敢望这样的大解放乎。总之闲适不是一件容易学的事情，不佞安得混冒，自己查看文章，即流连光景且不易得，文章底下的焦躁总要露出头来，然则闲适亦只是我的一理想而已，而理想之不能做到如上文所说又是当然的事也。

看自己的文章，假如这里边有一点好处，我想只可以说在于未能平淡闲适处，即其文字多是道德的。在《雨天的书》序二中云：

> 我平素最讨厌的是道学家（或照新式称为法利赛人），岂知这正因为自己是一个道德家的缘故。我想破坏他们的伪道德不道德的道德，其实却同时非意识地想建设起自己所信的新的道德来。

我的道德观恐怕还当说是儒家的，但左右的道与法两家也都掺合在内，外面又加了些现代科学常识，如生物学人类学以及性的心理，而这末一点在我较为重要。古人有面壁悟道的，或是看蛇斗懂得写字的道理，我却从“妖精打架”上想出道德来，恐不免为傻大姐所窃笑罢。不过好笑的人尽管去好笑，我的意见实实在在以我所知为基本，故自与他人不能苟同。至于文章自己承认未能写得好，朋友们称之曰平淡或闲适而赐以称许或嘲骂，原是随意，但都不很对，盖不佞以为自己的文章的好处或不好处全不在此也。

廿五年九月二日，在北平。

【锺校】

①“它”原作“她”。

结缘豆

范寅《越谚》卷中风俗门云：

结缘，各寺庙佛生日散钱与丐，送饼与人，名此。

敦崇《燕京岁时记》有“舍缘豆”一条云：

四月八日，都人之好善者取青黄豆数升，宣佛号而拈之，拈毕煮熟，散之市人，谓之舍缘豆，预结来世缘也。谨按《日下旧闻考》，京师僧人念佛号者辄以豆记其数，至四月八日佛诞生之辰，煮豆微撒以盐，邀人于路请食之以为结缘，今尚沿其旧也。

刘玉书《常谈》卷一云：

都南北多名刹，春夏之交，士女云集，寺僧之青头白面而年少者着鲜衣华屦，托朱漆盘，贮五色香花豆，蹀躞于妇女襟袖之间以献之，名曰结缘，妇女亦多嬉取者。适一僧至少妇前奉之甚殿，妇慨然大言曰，良家妇不愿与寺僧结缘。左右皆失笑，群妇赧然缩手而退。

就上边所引的话看来，这结缘的风俗在南北都有，虽然情形略有不同。小时候在会稽家中常吃到很小的小烧饼，说是结缘分来的，范啸风所说的饼就是这个。这种小烧饼与“洞里火烧”的烧饼不同，大约直径一寸高约五分，馅用椒盐，以小皋步的为最有名，平常二文钱一个，底有两个窟窿[①]，结缘用的只有一孔，还要小得多，恐怕还不到一文钱吧。北京用豆，再加上念佛，觉得很有意思，不过二十年来不曾见过有人拿了盐煮豆沿路邀吃，也不听说浴佛日寺庙中有此种情事，或者现已废止亦未可知，至于小烧饼如何，则我因离乡里已久不能知道，据我推想或尚在分送，盖主其事者多系老太婆们，而老太婆者乃是天下之最有闲而富于保守性者也。

结缘的意义何在？大约是从佛教进来以后，中国人很看重缘，有时候还至于说得很有点神秘，几乎近于命数。如俗语云，有缘千里来相会，无缘对面不相逢，又小说中狐鬼往来，末了必云缘尽矣，乃去。敦礼臣所云预结来世缘，即是此意。其实说得浅淡一点，或更有意思，例如唐伯虎之三笑，才是很好的缘，不必于冥冥中去找红绳缚脚也。我很喜欢佛教里的两个字，曰业曰缘，觉得颇能说明人世间的许多事情，仿佛与遗传及环境相似，却更带一点儿诗意。日本无名氏诗句云：

虫呵虫呵，难道你叫着，业便会尽了么？

这业的观念太是冷而且沉重，我平常笑禅宗和尚那么超脱，却还挂念腊月二十八，觉得生死事大也不必那么操心，可是听见知了在树上喳喳地叫，不禁心里发沉，真感得这件事恐怕非是涅槃是没有救的了。缘的意思便比较的温和得多，虽不是三笑那么圆满也总是有人情的，即使如库普林在《晚间的来客》所说，偶然在路上看见一双黑眼睛，以至梦想颠倒，究竟逃不出是春叫猫儿猫叫春的圈套，却也还好玩些。此所以人家虽怕造业而不惜作缘欤？若结缘者又买烧饼煮黄豆，逢人便邀，则更十分积极矣，我觉得很有兴趣者盖以此故也。

为什么这样的要结缘的呢？我想，这或者由于不安于孤寂的缘故吧，富贵子嗣是大众的愿望，不过这都有地方可以去求，如财神送子娘娘等处，然而此外还有一种苦痛却无法解除，即是上文所说的人生的孤寂。孔子曾说过，鸟兽不可与同群，吾非斯人之徒而谁与。人是喜群的，但他往往在人群中感到不可堪的寂寞，有如在庙会时挤在潮水般的人丛里，特别像是一片树叶，与一切绝缘而孤立着，念佛号的老公公老婆婆也不会不感到，或者比平常人还要深切吧，想用什么仪式来施行祓除，列位莫笑他们这几颗豆或小烧饼，有点近似小孩们的“办人家”，实在却是圣餐的面包蒲陶酒似的一种象征，很寄存着深重的情意呢。我们的确彼此太缺少缘分，假如可能实有多结之必要，因此我对于那些好善者着实同情，而且大有加入的意思，虽然青头白面的和尚我与刘青园同样的讨厌，觉得不必与他们去结缘，而朱漆盘中的五色香花豆盖亦本来不是献给我辈者也。

我现在去念佛拈豆，这自然是可以不必了，姑且以小文章代之耳。我写文章，平常自己怀疑，这是为什么的：为公乎，为私乎？一时也有点说不上来。钱振锽《名山小言》卷七有一节云：

> 文章有为我兼爱之不同。为我者只取我自家明白，虽无第二人解，亦何伤哉，老子古简，庄生诡诞，皆是也。兼爱者必使我一人之心共喻于天下，语不尽不止，孟子详明，墨子重复，是也。《论语》多弟子所记，故语意亦简，孔子诲人不倦，其语必不止此。或怪孔明文采不艳而过于丁宁周至，陈寿以为亮所与言尽众人凡士云云，要之皆文之近于兼爱者也。诗亦有之，王孟

闲适，意取含蓄，乐天讽谕，不妨尽言。

这一节话说得很好，可是想拿来应用却不很容易，我自己写文章是属于哪一派的呢？说兼爱固然够不上，为我也未必然，似乎这里有点儿缠夹，而结缘的豆乃仿佛似之，岂不奇哉。写文章本来是为自己，但他同时要一个看的对手，这就不能完全与人无关系，盖写文章即是不甘寂寞，无论怎样写得难懂意识里也总期待有第二人读，不过对于他没有过大的要求，即不必要他来做喽啰而已。煮豆微撒以盐而给人吃之，岂必要索厚偿，来生以百豆报我，但只愿有此微末情分，相见时好生看待，不至伥伥来去耳。古人往矣，身后名亦复何足道，唯留存二三佳作，使今人读之欣然有同感，斯已足矣，今人之所能留赠后人者亦止此，此均是豆也。几颗豆豆，吃过忘记未为不可，能略为记得，无论转化作何形状，都是好的，我想这恐怕是文艺的一点效力，他只是结点缘罢了。我却觉得很是满足，此外不能有所希求，而且过此也就有点不大妥当，假如想以文艺为手段去达别的目的，那又是和尚之流矣，夫求女人的爱亦自有道，何为舍正路而不由，乃托一盘豆以图之，此则深为不佞所不能赞同者耳。

廿五年九月八日，在北平。

【锺校】

①“窿”原作“陇”。

谈养鸟

李笠翁著《闲情偶寄》颐养部行乐第一，“随时即景就事行乐之法”下有看花听鸟一款云：

花鸟二物，造物生之以媚人者也。既产娇花嫩蕊以代美人，又病其不能解语，复生群鸟以佐之。此段心机竟与购觅红妆，习成歌舞，饮之食之，教之诲之以媚人者，同一周旋之至也。而世人不知，目为蠢然一物，常有奇花过目而莫之睹，鸣禽悦[①]耳而莫之闻者。至其捐资所买之侍妾，色不及花之万一，声仅窃鸟之绪馀，然而睹貌即惊，闻歌辄喜，为其貌似花而声似鸟也。噫，贵似贱真，与叶公之好龙何异。予则不然。每值花柳争妍之日，飞鸣斗巧之时，必致谢洪钧，归功造物，无饮不奠，有食必陈，若善士信妪之佞佛者，夜则后花而眠，朝则先鸟而起，唯恐一声一色之偶遗也。及至莺老花残，辄怏怏如有所失，是我之一生可谓不负花鸟，而花鸟得予亦所称一人知己死可无恨者乎。

又郑板桥著《十六通家书》中，“潍县署中与舍弟墨第二书”末有“书后又一纸”云：

所云不得笼中养鸟，而予又未尝不爱鸟，但养之有道耳。欲养鸟莫如多种树，使绕屋数百株，扶疏茂密，为鸟国鸟家，将旦时睡梦初醒，尚展转在被，听一片啁啾，如云门咸池之奏，又披衣而起，颒面嗽口啜茗，见其扬翚振彩，倏往倏来，目不暇给，固非一笼一羽之乐而已。大率平生乐处欲以天地为囿，江汉为池，各适其天，斯为大快，比之盆鱼笼鸟，其巨细仁忍何如也。

李郑二君都是清代前半的明达人，很有独得的见解，此二文也写得好。笠翁多用对句八股调，文未免甜熟，却颇能畅达，又间出新意奇语，人不能及，板桥则更有才气，有时由透彻而近于夸张，但在这里二人所说关于养鸟的话总之都是不错的。近来看到一册笔记抄本，是乾隆时人秦书田所著的《曝背馀谈》，卷上也有一则云：

盆花池鱼笼鸟，君子观之不乐，以囚锁之象寓目也。然三者不可概论。鸟之性情唯在林木，樊笼之与林木有天渊之隔，其为犴狴固无疑矣。

至花之生也以土，鱼之养也以水，江湖之水水也，池中之水亦水也，园圃之土土也，盆中之土亦土也，不过如人生同此居第少有广狭之殊耳，似不为大拂其性。去笼鸟而存池鱼盆花，愿与体物之君子细商之。

三人中实在要算这篇说得顶好了，朴实而合于情理，可以说是儒家的一种好境界。我所佩服的《梵网戒疏》里贤首所说“鸟身自为主”乃是佛教的，其彻底不彻底处正各有他的特色，未可轻易加以高下。抄本在此条下却有朱批云：

此条格物尚未切到，盆水豢鱼，不繁易淰，亦大拂其性。且玩物丧志，君子不必待商也。

下署名曰於文叔。查《馀谈》又有论种菊一则云：

李笠翁论花，于莲菊微有轩轾，以艺菊必百倍人力而始肥大也。余谓凡花皆可借以人力，而菊之一种止宜任其天然。盖菊，花之隐逸者也，隐逸之侣正以萧疏清癯为真，若以肥大为美，则是李勣之择将，非左思之招隐矣，岂非失菊之性也乎。东篱主人，殆难属其人哉，殆难属其人哉。

其下有於文叔的朱批云：

李笠翁金圣叹何足称引，以昔人代之可也。

於君不赞成盆鱼，不为无见，唯其他思想颇谬，一笔抹杀笠翁圣叹，完全露出正统派的面目。至于随手抓住一句玩物丧志的咒语便来胡乱吓唬人，尤为不成气候，他的态度与《馀谈》的作者正立于相反的地位，无怪其总是格格不入也。秦书田并不闻名，其意见却多很高明，论菊花不附和笠翁固佳，论鱼鸟我也都同意。十五年前我在西山养病时写过几篇《山中杂信》，第四信中有一节云：

> 游客中偶然有提着鸟笼的，我看了最不喜欢。我平常有一种偏见，以为作不必要的恶事的人比为生活所迫不得已而作恶者更为可恶，所以我憎恶蓄妾的男子，比那卖女为妾——因贫穷而吃人肉的父母，要加几倍。对于提鸟笼的人的反感也是出于同一的渊源。如要吃肉，便吃罢了。(其实飞鸟的肉于养生上也并非必要。) 如要赏玩，在他自由飞鸣的时候可以尽量的看或听，何必关在笼里，擎着走呢？我以为这同喜欢缠足一样的是痛苦的赏鉴，是一种变态的残忍的心理。
>
> (十年七月十四日信。)

那时候的确还年青一点，所以说的稍有火气，比起上边所引的诸公来实在惭愧差得太远，但是根本上的态度总还是相近的。我不反对“玩物”，只要不大违反情理。至于“丧志”的问题我现在不想谈，因为我干脆不懂得这两个字是怎么讲，须得先来确定他的界说才行，而我此刻却又没有工夫去查十三经注疏也。

廿五年十月十一日。

【鄢校】

①“悦”原作“阅”，据《闲情偶寄》改。

论万民伞

《平等阁笔记》少时曾在《时报》上见到一部分，但民国以来不再注意读报，其后笔记单行本出版亦未看见。前日在书摊偶得一部，灯下翻阅，若疏若亲，盖年代久隔，意见亦多差异，著者信佛教亦遂信鬼神妖异，不佞读之觉得与普通笔记无殊，正是古已有之的话，唯卷一首五叶记庚子乱后入都所见闻事十二则却很有意思。第五则云，“哀莫大于心死，痛莫甚于亡耻”，后举数事云：

迨内城外城各地为十一国分划驻守后，不数月间，凡十一国公使馆，十一国之警察署，十一国之安民公所，其中金碧辉煌，皆吾民所贡献之万民匾联衣伞，歌功颂德之词，洋洋盈耳，若真出于至诚者，直令人睹之且愤且愧，不知涕泪之何从也。又顺治门外一带为德军驻守地，其界内新设各店牌号，大都士大夫为之命名，有曰德兴，有曰德盛，有曰德昌，有曰德永，有曰德丰厚，德长胜等，甚至不相联属之字竟亦强以德字冠其首，种种媚外之名词指不胜屈，而英美日义诸界亦莫不皆然。彼外人讵能解此华文为歌颂之义，而丧心忘耻一至于斯。

最近，在报纸上，又常常看到天津什么公会，替地方当局送万民伞的消息。这与上面所说的当然有点小小不同，即所送者一是外国人，一不是外国人也。但是，中国人好送德政伞，那总是实在的。为什么有这一种怪脾气的呢？这个我也很想知道，可是还不能确实知道。案《水经注》济水下昌邑县条下云，有建和十年秦闰等刊石颂德政碑，可见在汉末已有，有了千八百年的历史。白居易《青石》诗云：

不愿作官家道旁德政碑，不镌实录镌虚辞。

可知这碑之不可靠也是自古已然，长庆到现在也已有千一百年了。匾与伞与旗就只是碑的子孙，却是更简略，更不成东西了，其虚辞则不论大小轻重原是一样。狄君见了且愤且愧，虽是当然，其实还只是可怜。难道人民真是喜欢干这种无耻的勾当，千馀年如一日，实在还只为求生乞命耳。曹静山著《十三日备尝记》述道光廿二年英人犯上海事，五月十二日条下有云：

邻人张姓来云，洋人于邑庙给护照，取之者必只鸡易，无鸡则一切食用品亦或有得之者。余前闻浙省曾有此事，因期以明日觇之。

凡德政匾等皆护照也。中国自唐以来即常受外族的欺凌，而其间之本族政府又喜以专制为政，人民的一线生机盖唯在叩头而已。德政碑万民伞可也，招牌中写兴盛昌永亦可也，皆以标语表示叩头，至其对象之为中为外则可无论也。由今之道无变今之俗，匾联衣伞方兴未艾，且此亦正合于现今上下合力鼓吹的旧礼教，平等阁主人愤慨的意见在此刻恐怕亦须稍加以修正矣。

廿五年三月廿一日，于北平。

再论万民伞

吾乡孙彦清著《寄龛丁志》卷三有一则是关于万民伞的，其文如下：

> 《洛阳伽蓝记》，后魏李延实，庄帝舅也，永安中除青州刺史，帝谓曰，怀砖之俗，世号难治，舅宜好用心。时黄门侍郎杨宽在侧，不晓怀砖之义，私问舍人温子升。子升曰，吾闻彭城王作青州，其宾从云，齐土风俗专在荣利，太守初入境，百姓皆怀砖叩头以美其意，乃其代下还家，则以砖击之，言其向背速于反掌云。今则无论居官若何，宜以瓦砾赠行者，亦必有德政碑[①]万民伞，滔滔者天下皆是也，弥可叹矣。

案《伽蓝记》文见原书卷二，怀砖之俗的话也从这里初次看到，孙君提起来与万民伞比较，分出优劣来，也是很有意思的事。本来怀砖叩头已经是够可笑的了，等到太守卸任又以砖击之，可谓势利反复，殊不足道，但以较后来的专送万民伞，毕竟要算还胜一筹。盖中国近世的人生哲学可以“多磕头少说话”六字包括之，送万民伞即是很好的例，来送去亦送，见人便磕头，纵或无利益，亦不至有害，逢迎愈工，是非都泯，瓦砾赠行几等于博浪之击，世无张子房，久不闻有冒此险者矣。君子于此可以观世变焉，孙君之慨叹亦从非无故也。

据西儒说，伞是古时贵人的专用品，平民不得用，中国也只有官吏才张盖，王侯背后有从人擎着曲柄黄盖或是掌扇，常见于图画，都是遮太阳用的。平民恐怕只配光着头走，至少见了贵人应当如此，西人至今免冠为礼，因为冠即是代伞的东西也。拿伞送官，深得古意，又利用伞上的空间颂扬德政，罗列姓名，表示降伏，真是工巧已极，一举而三善备矣。我这里觉得最有意思的却不在伞而是万民，我不知道从哪里得来这成千成百的姓名？中国没有完备的户籍，就是有什么户口调查，也只是多少丁口罢了，名字随意更换，虽是自己承认，却全无可稽考，在这种情形之下要想集录法律上有效的姓名，的确不是一件容易事情。

《嘉泰会稽志》卷二云，汉会稽太守马臻创立鉴湖，筑塘蓄水，周回三百一十里，都溉田九千馀顷。

又引孔灵符《会稽记》云：

> 创湖之始，多淹冢宅，有千馀人怨诉，臻遂被刑于市，及遣使按覆，总不见人，籍皆是先死亡者。

越中传说太守被剥皮楦草，疑非其实，阅载纪唯明朱棣顺张献忠及清初有是刑，汉末或尚未必有也。《志》卷十三又引起居郎熊克说云：

> 或问曰，马臻之始为湖也，会稽民数千人诣阙讼之，臻得罪死，及按见讼者皆已死，说者以为鬼。予独曰，不然。臻之为湖，不利于豪右，故相与讼之，而假死者以为名。臻虽坐死，湖乃得不废，亦幸而已。

看了这种前例，我便对于多人署名的文件都感到一种不愉快与不相信，如报上常见的某人等几十百人同叩的电或代电，往往只令人发出顿悟的闲投词，如新婿吃西瓜的笑话里所说的那样。这些未必是死人名，也不见得有要杀马臻那么严重的用意，不过总觉得这是无可按覆的，而且或者是豪右的花样亦未可知。至于颂扬的列名，那么情形自然有点不同，这里决不会有死人在内，也不会写乌帖思何得有这种名字的了。因为颂扬即是磕头的别一方式，施礼者在下磕头，必要使得在上的受礼者知道才好，所以磕头时大呼大人高升，或碰头作响声，或连叩不已，其目的皆以引人见闻也。把自己的尊姓大名高高地绣在伞上，虽然是挨挤在一起，字也只是苍蝇大小，总希望得蒙台览的，所以无疑的是用着真实姓名。不过我总觉得奇怪，怎么又哪里去招集这许多愿意参加颂扬的人名，成千成百的绣到伞上去呢？我觉得这很不容易，这或者比抄录数千先死亡者还要麻烦呢。关于万民伞我想来想去这一点最为佩服，假如要我经手办这事，我就办不来，第一无从去拉这许多人来署名。三月中天津商民送万民伞给大官祝寿，岁月如流，转瞬已是三个月了，我对于这事总是忘记不了，得闲特再论之。语云，江山好改，本性难移。送万民伞与祝寿殆是中国人的本性欤，然则我们三四申论的机会还多得很，只要江山不改，且珥笔以俟耳。

廿五年六月十三日。

【鄢校】

①“碑”原作“牌”。

再谈油炸鬼

前写《谈油炸鬼》一小文，登在报上，后来又收集在《苦竹杂记》里边。近阅李登斋的《常谈丛录》，卷八有“油煤果”一条，其文云：

> 市中每以水调面，捏切成条大如指，双叠牵长近尺，置热油中煎之，鞄大如儿臂，已熟作嫩黄色，仍为双合形，撕之亦可成两。货之一条价二钱，此即古寒具类，今远近皆有之，群呼为油煤鬼，骤闻者骇焉，然习者以为常称，不究其义。后见他书有称油煎食物为油果者，乃悟此为油煤果，以果与鬼音近而转讹也。鬼之名不祥不雅，相混久宜亟为正之，否则安敢以此鬼物进于尊贵亲宾之前耶。

油炸鬼在吾乡只是民间寻常食品，虽然不分贫富都喜欢吃，却不能拿来请客（近年或有例外，不在此列），所以尊贵亲宾云云似不甚妥，若其主张鬼字原为果字，则与鄙见原相似也。又前次我征引孙伯龙的《南通方言疏证》，却没有检查他的《通俗常言疏证》，其第四册“饮食门”内有一条云：

> 油炸鬼儿。国文教科书有油炸烩三字，按字典无炸烩二字，然元人杂剧有炮声如雷炸语，炸音诈，字典遗之耳。教科书读炸为闸，非也，炸乃音闸耳。《梦笔生花》“杭州俗语杂对”，油炸鬼，火烧儿。又元张国宾《大闹相国寺》剧，那边卖的油炸骨朵儿，你买些来我吃。按骨鬼音转，今云油炸鬼儿是也。

油炸骨突儿大约确是鬼的前身，却出于元曲，比明代的“好果子”还早，所以更有意思。我想这种油炸面食大概古已有之，所谓压扁佳人缠臂金的寒具未必不是油炸鬼一，不过制法与名称不详，所以其世系也只得以元朝为始了。

近时的人喜欢把他拉到秦桧的身上去，说这实在是油炸桧。这个我觉得很不合道理。第一，秦桧原不是好人，但他只是一个权奸，与严嵩一样（还不及魏忠贤罢?），而世间特别骂他构和，这却不是他的大罪。我们生数百年后，想要评论南宋和战是非，似乎不甚可靠，不如去问当时的人，这里我们可以找鼎鼎大名的朱子来，我想他的话总不会大错的罢。《语类》

卷百三十一有云：

> 秦桧见虏人有厌兵意，归来主和，其初亦是。使其和中自治有策，后当逆亮之乱，一扫而复中原，一大机会也。惜哉。

又云：

> 僩问，高宗若不肯和，必成功。曰，也未知如何，将骄惰不堪用。

由此可知朱晦庵并不反对构和，他只可惜和后不能自强以图报复。第二，秦桧主和，保留得半壁江山，总比做金人的奴皇帝的刘豫张邦昌为佳，而世人独骂秦桧，则因其杀岳飞也。张浚杀曲端也正是同样冤屈，而世人独骂秦桧之杀岳飞，则因有《精忠岳传》之宣传也。国人的喜怒全凭几本小说戏文为定，岂非天下的大笑话，人人骂曹操捧关羽亦其一例。第三，有所怨恨，乃以面肖形炸而食之，此种民族性殊不足嘉尚。在所谓半开化民族中兴行种种法术，有黑魔术以伤害人为事，束草刻木为仇人形，禹步持咒，将刍灵火烧油炸或刀劈，则其人当立死。又如女郎为负心人所欺，不能穿红衫吊死去索偿于乡闱中，只好剪纸为人，背书八字，以绣花针七支刺其心窝，聊以示报。在世间原不乏此例，然有识者所不为，勇者亦不为也。小时候游过西湖，至岳坟而索然兴尽，所谓分尸桧已至不堪，那时却未留意，但见坟前四铁人，我觉得所表示的不是秦王四人而实是中国民族的丑恶，这样印象至今四十年来未曾改变。铸铁人，拿一棵树来说分尸，那么拿一条面来说油炸自无不可，然这种根性实在要不得，怯弱阴狠，不自知耻。（孔子说过，知耻近乎勇。）如此国民何以自存，其屡遭权奸之害，岂非所谓物必自腐而后虫生者耶。

我很反对思想奴隶统一化。这统一化有时由于一时政治的作用，或由于民间习惯的流传，二者之中以后者为慢性的，难于治疗，最为可怕。那时候有人来扎他一针，如李贽邱濬赵翼俞正燮汪士铎吕思勉之徒的言论，虽然未必就能救命，也总可放出一点毒气，不为无益。关于秦始皇王莽王安石的案，秦桧的案，我以为都该翻一下，稍为奠定思想自由的基础，虽然太平天国一案我还不预备参加去翻。这里边秦案恐怕最难办，盖如我的朋友（未得同意暂不举名）所说，和比战难，战败仍不失为民族英雄（古时自己要牺牲性命，现在还有地方可逃），和成则是万世罪人，故主和实在更需要有政治的定见与道德的毅力也。

廿五年七月。

老人的胡闹

五月十四日华联社东京电：

> 日本上院无所属议员三上参次于本月七日之贵族院本会议席上发表一演说，谓中国妄自尊大，僭称中华民国，而我方竟以中华呼之，冒渎我国之尊严，莫此为甚，此后应改称支那以正其名。

对于这件事中国言论界已有严正的表示，现在可以不必赘说，我所觉得有意思的，乃是三上之说这样的话。本来所谓正名的运动由来久矣。最初的一路是要厘正自己的国名，因为日本一语有 Nihon 与 Nippon 这两样读法，主张一律定为 Nippon，但日本桥一语仍是例外。不过无论如何总还是汉字的音读，归根结蒂是外国语，所以其中又有一派便主张来训读，即读日本云 Hinomoto，译言“日之本”。这派主张似未见发达，盖从天文学上说来亦不甚妥协。此外别有一派想去纠正外国的读法，反对英文里称日本的 Japan，主张应改为 Nippon，听说结果有货物上书 Made in Nippon 字样到美国税关上通不过，因为他们只承认与 Japan 通商，不知道 Nippon 也。其实外国语里讲到国土民族的名字多有错误，本是常事，如荷兰自己很谦虚称曰低地，而英国偏要叫他林地，或称其人曰德人，俄国称中国曰契丹，叫德国人云呢咩子，犹如古希腊统称异族曰吧儿吧儿，均表其言语不通也。英文中的 Japan 其实还即是日本二字的译音，不过日本本国的读法是在六朝以前从中国传过去的吴音，英国的则大约在十四世纪时始于马可波罗的游记，称日本曰 Jipangu，原语亦是“日本国”，但时在元朝，所用者乃是北方系统的所谓汉音而已。不管他对不对，既然是外国语，别国人无从干涉，这是很明白的道理，然而日本人却不许英国说 Japan，正如中国人不许日本说支那一样（虽然英国可以说“畅那”），有点儿缺少常识。从这里再冲出去便是别一路，要厘正人家的国名了。这已从少常识转入于失正气，由狂妄而变为疯癫，此类甚少见，如三上参次的演说则是其一例者。

三上参次是什么人呢？我当初在报上看见，实在大吃一惊，因为我对于这位老先生平常是颇有敬意的。寒斋书架上还放着三上参次高津锹三郎合著的两册《日本文学史》，明治二十三年出版，西历为一八九〇，在清朝即光绪十六年。那时候世上尚无《日本文学史》这一种书，三上所著实在是第一部，编制议论多得要领，后来作者未能出其范围。一八九八年英国亚斯顿著《日本文学史》，大体即以此为依据，至一九〇五年德国莆洛伦支著《日本古代文学史》，则又其后起者也。三上生于庆应元年（一八六五），在东京大学和文学科毕业后专攻国史，得文学博士学位，任大学教授二十八年，参与修史，任经筵进讲，得有勋位勋章，敕选为贵族院议员。其学业履历大抵如此，若言其功绩则仍在文学方面为多，所著论文姑不具论，即《文学史》二卷已足自存，其成就或不及坪内逍遥森鸥外，总亦不愧为新文学界的先觉之一，在《日本文学大辞典》上占有一栏的地位，正非偶然也。这样的一个人忽然发起那种怪论来，焉得不令人惊异。三上于今七十一岁，岂遂老悖至此，且以年纪论他正应该是明治维新的遗老，力守自由主义的残垒，为新佐幕派的少年所痛骂才对，如美浓部达吉是，何乃不甘寂寞，趋时投机，自忘其丑，此甚足使人见之摇头叹息者也。

孔子曾说，及其老也，戒之在得。老人也有好色的，但孔子的话毕竟是不错的，得的范围也是颇大，名利都在内。日本兼好法师在《徒然草》中云：

> 语云，寿则多辱。即使长命，在四十以内死了最为得体。过了这个年纪便将忘其老丑，想在人群中胡混，到了暮年还溺爱子孙，希冀长寿得见他们的繁荣，执着人生，私欲益深，人情物理都不复了解，至可叹息。

又俳谐大师芭蕉[1]所作《闭关辞》中亦云：

> 因渔妇波上之枕而湿其衣袖，破家亡身，前例虽亦甚多，唯以视老后犹复贪恋前途，苦其心神于钱米之中，物理人情都不了解，则其罪尚大可恕也。

阳曲傅青主有一条笔记云：

> 老人与少时心情绝不相同，除了读书静坐如何过得日子，极知此是暮气，然随缘随尽，听其自然，若更勉强向世味上浓一番，恐添一层罪过。

以上都是对于老年的很好的格言，与孔子所说的道理也正相合。只可惜老人不大能遵守，往往名位既尊，患得患失，遇有新兴占势力的意见，不问新旧左右，辄靡然从之，此正病在私欲深，世味浓，贪恋前途之故也。虽曰不自爱惜羽毛，也原是个人的自由，但他既然戴了老丑的鬼脸踱出戏台来，则自亦难禁有人看了欲呕耳。这里可注意的是，老人的胡闹并不一定是在守旧，实在却是在维新。盖老不安分重在投机趋时，不管所拥戴的是新旧左右，若只因其新兴有势力而拥戴之，则等是投机趋时，一样的可笑。如三上弃自由主义而投入法西斯的潮流，即其一例，以思想论虽似转旧，其行为则是趋新也。此次三上演说因为侮辱中国，大家遂加留意，其实此类事世间多有，即我国的老人们亦宜以此为鉴，随时自加检点者也。

廿五年七月三十一日，在北平。

【锺校】

①“芭蕉”原误加书名号。

关于贞女

前日买到一本小书，名曰《山阴姚贞女诗传册》，道光辛丑年刻本。平常这种书如标价一两角钱搁在地摊上，也不会有人过问，我却去花钱买了来，似乎很有点冤。我买这书的理由是因为关于山阴，里边有些乡先生做的诗——应酬诗，这也在我搜集的范围之内，不论废铜烂铁都是要的。但是其题材与内容都不是我所喜欢的，诗亦自然无佳作。据云姚姑许字同里金氏子，金旋卒，越两载姑不食而死，年甫十五。山阴平正书后云：

> 考越郡志乘，节烈卷帙最多，女之以守贞闻者亦叠见简编，未有嫁殇而殉烈者，今于姚贞女见之。

老实说，平君的文章本来写得不高明，我这里更觉得有感慨的乃是别一句话，即云志乘中节烈卷帙最多，此实非我民族之好消息也。总之这是变态的道德，虽云道德而已是变态，又显然以男系的威权造成之，其为祸害何可胜言。钱振锽在《星影楼杂言》中有论贞节的几条说得很好：

> 女子许嫁，婿死而愿为之守为之死，归氏非之，赵氏又以归说为非。此事议者甚多，几几乎家家文集中都备一辨，汪容甫伸归说最明快，最后德清俞氏力主守议最少理。余谓可守与死之道亦有二，一则素所属意，如乾隆间仁和高达姑之事是也，一则素所仰慕，如温超超之于东坡是也。身未分明，事忽中变，然且为之死，况已经许约者耶。舍此二者，无守与死之道也。余此语必为言礼家所呵，然忠厚人必能谅之。

钱君又尝作《贞女辨》，有云：

> 夫妇之道曷重乎尔？重情与义也，委禽纳币其小焉者也。夫妇居室，情也。夫死不再适，义也。女未嫁，男子死，女别字于人，此常道也。女子未嫁，安所为情？情且无之，义于何有？

此与上文可相发明，可为平允之论。《杂言》又云：

> 魏叔子《义夫传》，俞理初《节妇说》，皆言男子无再娶礼。俞氏之言曰，男子理义无涯涘，而以深文网妇人，是无耻之论也。余因思古婚礼用雁，以其不再匹而已，用茶以其一植不再

移而已，何尝分别男女乎。范文正义田规条，再娶与再嫁并称，又考古书男子再娶亦称再醮，再醮一也，出于女子则非礼，出于男子则固然，真不通之说也。明海沂子言制礼皆男子，故不无所偏，诚中世病。

《杂言》刻于光绪丁酉，钱君年二十三，癸亥刻《谪星笔谈》，此则亦收入卷一中，可知其在晚年仍是如此思想也。《妒记》述谢太傅欲立妓妾，使兄子外生等微讽刘夫人，言《关雎》《螽斯》有不忌之德，乃问谁撰此诗，答云周公。夫人曰：

周公是男子，相为尔。若使周姥撰诗，当无此也。

此虽小说，但指出男女间的二重道德最为直截，只可惜世间缺少有胆识的人，如海沂子俞理初等昌言攻击，大多数男子则浑浑噩噩，殆无不奉此种无耻之论不通之说为天经地义也。钱君老矣，尚能有如此定见，至为可喜，在并世贤豪中亦属难得。中国古今多姬妾，故亦重贞节，盖两性不平等道德在男系社会皆然，唯以在多妻制国为最，中国正是好例。不佞抱残守阙，搜乡曲遗文，似于此事无关，唯遇见贞节颂歌，姬妾行述，如《赵似升长生册》等，辄不禁牵连想到而感慨系之。本来国难至此，大可且慢谈这些男女间的问题吧，但是这种卑劣男子他担得起救国的责任么？我不能无疑。

廿五年九月。

关于谑庵《悔谑》

《谈风》社的朋友叫我供给一点旧材料，一时想不出好办法，而日期已近，只好把吾乡王谑庵的《悔谑》抄了一份送去，聊以塞责。这是从他的儿子王鼎起所编的《谑庵文饭小品》卷二里抄出来的，但以前似乎是单行过，如倪鸿宝的叙文中云：

> 而书既国门，逢人道悔，是则谑庵谑矣。

又张宗子著《王谑庵先生传》中云：

> 人方眈眈虎视，将下石先生，而先生对之调笑狎侮谑浪如常，不肯少自贬损也。晚乃改号谑庵，刻《悔谑》以志己过，而逢人仍肆口诙谐，虐毒益甚。

这里不但可以知道《悔谑》这书的来历，也可以看出谑庵这人的特色，传中前半有云：

> 盖先生聪明绝世，出言灵巧，与人谐谑，矢口放言，略无忌惮。川黔总督蔡公敬夫，先生同

年友也，以先生闲住在家，思以帷幄屈先生，檄先生至。至之日，宴先生于滕王阁，时日落霞生，先生谓公曰，王勃《滕王阁序》不意今日乃复应之。公问故，先生笑曰，落霞与孤鹜齐飞，今日正当落霞，而年兄眇一目，孤鹜齐飞殆为年兄道也。公面赪及颈，先生知其意，襆被即行。

这里开玩笑在我的趣味上说来是不赞成的，因为我有“两个鬼”，在撒野时我犹未免有绅士气也，虽然在讲道学时就很有些流氓气出来。但是谑庵的谑总够得上算是彻底了，在这一点上是值得佩服的。他生在明季，那么胡闹，却没有给奄党所打死，也未被东林所骂死，真是侥天之幸。他的一生好像是以谑为业，张宗子编《有明越人三不朽图赞》，其赞王谑庵有云：

以文为饭，以弈为律。谑不避虐，钱不讳癖。

特别提出谑来，与传中多叙谑事，都有独到之见。《三不朽图赞》凡一百单八人，人人有赞，而《琅嬛文集》中特别收录王君像一赞，盖宗老对于此文亦颇自憙欤。传中又引陆德先之言有云：

先生之莅官行政，摘伏发奸，以及论文赋诗，无不以谑用事者。

可谓知言，亦与上文所说相合。谑庵著书有刻本《王季重九种》以至十一种，世上多有，寒斋所藏《谑庵文饭小品》，只有五卷，而共有五百页，仓卒不及尽读，难于引证，姑就卷一中尺牍一部分言之，盖九种云云之中无尺牍，故用以为例。第一则“简夏怀碧”云：

丽人果解事，此君针透，量酬之金帛可也，若即欲为之作缘，恐职方亦自岳岳。买鱼喂猫则可，买鲥鱼喂猫，无此理矣。

第二则“柬余慕兰”云：

敦睦如吾兄，妙矣。然吾兄大爷气未除，不读书之故耳。邵都公每每作诗示弟，弟戏之曰，且云做官做吏，各安生理，毋作非为。渠怫然。闻兄近日亦染其病，读书可也，作诗且慢，不容易鲍参军耳。

第十五则“上黄老师”云：

隆恩寺无他奇，独大会明堂有百馀丈，可玩月，门生曾雪卧其间者十日。径下有云深庵，曾以五月啖其樱桃，八月落其苹果。樱桃人啖后则百鸟俱来，就中有绿羽翠翎者，有白身朱咮者，语皆侏㒧鸩舌，嘈杂清妙。苹果之香在于午夜，某曾早起嗅之。其逸品入神，谓之清香，清不同而香更异。老师不可不访之。

第十九则“简周玉绳”之二云：

> 不佞得南缮郎且去，无以留别。此时海内第一急务在安顿穷人。若驿递不复，则换班之小二哥，扯纤之花二姐，皆无所得馍馍，其势必抢夺，抢夺不可，其势必争杀，祸且大乱，刘懋毛羽健之肉不足食也。相公速速主持，存不佞此语。

第二十则又云：

> 刘掌科因父作马头被县令苦责，毛御史则因在京置妾，其妻忽到，遂发议罢驿递。

也是很有趣的掌故。第二十五则“答李伯襄”云：

> 灵谷松妙，寺前涧亦可。约唐存忆同往则妙，若吕豫石一脸旧选君气，足未行而肚先走，李玄素两摆摇断玉鱼，往来三山街，邀喝人下马，是其本等，山水之间著不得也。

材料太多太好，一抄就是五篇，只好带住，此虽是书札，实在无一非《悔谑》中逸语也。卷首又有“致语”十篇，黄石斋评曰：

> 此又笺启别体，冰心匠玉，香咮吐金，望似白描，按之锦绚，苏黄小品中吉光摘出，何以敌此。

其中如《鲁两生不肯行》《严子陵还富春渚》《陶渊

明解绶》诸篇，都颇有风趣，今惜不能多引。

谑庵一生以谑为业，固矣，但这件事可以从两边来看，一方面是由于天性，一方面也有社会的背景。《文饭小品》卷二中有“风雅什”十三篇，是仿《诗经》的，其《清流之什》（注曰，刺伪也。）云：

矫矫清流，其源僻兮。有斐君子，巧于索兮。我欲舌之，而齿龃兮。

矫矫清流，其湍激兮。有斐君子，不胜藉兮。我欲怒之，而笑哑兮。

所以有些他的戏谑乃是怒骂的变相，即所谓我欲怒之而笑哑兮也。但是有时候也不能再笑哑了，乃转为齿龃，而谑也简直是骂了。如《东人之什》（注云，哀群小也）云：

东人之子，有蒜其头。西人之子，有葱其腿。或拗其腧，或摇其尾。

东人之子，膝行而前。西人之子，蛇行宛延。博猱一笑，博猱一怜。

书眉上有批云：

至此人面无血矣。门人马权奇识。

哀哉王君，至此谑虽虐亦已无用，只能破口大骂，惟此辈即力批其颊亦不觉痛，则骂又岂有用哉。由此观之，大家可以戏谑时还是天下太平，很值得庆贺也。

《文饭小品》卷二末有一首七律，题曰《偶过槐儿花坐》，系弘光乙酉年作，有云：

舆图去半犹狂醉，田赋生端总盗资。

此时虽谑庵亦不谑矣，而且比《东人之什》也骂得不很了，此时已是明朝的末日也即是谑庵的末日近来了。

二十五年十二月九日灯下，记于北平之苦雨斋。

附录一：叙《谑庵悔谑抄》

(明倪鸿宝作)

此为王季重观察滑稽书作也。去此已二十五年，门人简呈，不觉失笑。谑庵所谑即此是耳，夺数语谶之。

谑庵之谑，似俳似史，其中于人，忽醴忽鸩，醉其谐而饮其毒，岳岳者折角气堕，期期者弯弓计穷，于是笑撤为嗔，嗔积为衅，此谑庵所谓祸之胎而悔尔。虽然，谑庵既悔谑祸，将定须庄语乞福。夫向所流传，按义选辞，摛葩敲韵，要是谑庵所为庄语者矣。而其中于人，不变其颜则透其汗，莫不家题影国，人号衙官，南荣弃书，君苗焚砚，暑赋不出，灵光罢吟，在余尹邢，尤嗟瑜亮，蜂虻之怨，着体即知，遂有性火上腾，妒河四决，德祖可杀，谭峭宜沉，岌乎危哉，亦谑庵之祸机矣。谑庵不悔庄而悔谑，则何也？且夫致有诙而非谩也，不可以刃杀士，而诡之桃以杀之，不可以经断狱，而引非经之经以断之。《春秋》斩然严史，而造语尖寒，有如盗窃公孙天王狩毛伯来求之类，研文练字，已极针锥，正如《春秋》一书，使宣尼滕乎辅颊，岂容后世复有淳于隐语，东方雄辩者乎。史迁序赞滑稽，其发言乃曰，《易》以神化，《春秋》道义，是其意欲使滑稽诸人宗祀孔子耳。滑稽之道，无端似神化，有激似义，神化与义惟谑庵之谑皆有之。谑庵史才，其心岂不曰，世多错事，《春秋》亡而《史记》作，吾谑也乎哉。如此即宜公称窃取，正告吾徒，而书既国门，逢人道悔，是则谑庵谑矣。孔子曰，罪我者其惟《春秋》乎。斯言也，谑也。

［案］右叙见《鸿宝应本》卷十七，今据录。倪玉汝文章以怪僻称，今句读恐或有误，识者谅之。抄录者附记。

附录二：悔谑

(明王思任著，谑庵《文饭小品》本)

一　长安有参戎喜诵己诗不了，每苦谑庵。一日，不得避，开口便诵。谑庵曰，待写出来奉教。即命索笔。谑庵曰，待刻出来奉教。

二　施、吴两同年常与谑庵戏敌。施癯言寒可畏，吴肥言热可畏，争持良久。谑庵曰，以两君之姓定之，亦不相上下，一迎风则僵，一见月而喘。

三　梅季豹、谢少连、柳连父、虞伯子、宋献孺集姑孰，谑庵饮之端园，陈优丽焉。酒酣，柳掀髯曰，临邛令已妙矣，但少一卓文君耳。谑庵笑曰，这其间相如料难是你。

四　白下一吏部忽欲步子美《秋兴》，属谑庵和之。谑庵曰，此时还正夏，且两免何如。

五　谑庵与钱岳阳讲方位，误以乾为巽。岳阳曰，如子言当巽一口。谑庵曰，如子言当乾一头也。

六　由拳一衿颇意义，熊芝冈考劣四等，来谒，谑庵仓卒慰之。此生曰，熊宗师重在四等，甚是知音。谑庵曰，果然，大吹大打极俗，不若公等鼓板清唱也。

七　孝廉时纯甫与谑庵弈，时边已失，角亦将危，辄苦曰，鼷鼠又来食角。谑庵曰，食谁之角乎？径可云杀时犉牡，有捄其角。

八　有扬俗儿于谑庵者，曰，文章自是公流。谑庵曰，好货。

九　谑庵新构数椽，有二三年侄过谀，谑庵曰，苟完而已。张大逖笑曰，年伯不但苟美，而且苟合矣。谑庵曰，不敢，如何就想到公子荆也。

十　或吊夫已氏，鹄立若痴，又不哭。客出私谑庵曰，今日孝子恭而无礼，哀而不伤。谑庵曰，还是孝子不匮，永锡尔类。

十一　郡邑吏[1]集漕院前，有二别驾拱嘴踞坐，矜默殊甚。聂井愚曰，此二老何为做这模样。谑庵曰，等留茶。

十二　巢必大与周玄晖闲谈，驸马有此得貂玉，大珰去此得貂玉，今生我辈不驸马犹可作大珰，吾乘醉斩此物矣。周云，开刀时须约我，先富贵毋相忘也。谑庵曰，却不好，两兄在此结刎颈之交。

十三　陈渤海有丽竖拂意，斥令退后，此僮恧然。谑庵曰，你老爷一向如此，用人靠前，不用人靠后。

十四　秦朱明以制义质谑庵，便不敢不誉。顷之谑庵阁笔求缓，朱明曰，何故？谑庵曰，兄头圈忒快，我笔跟不上。

十五　季宾王笑谑庵腹中空，谑庵笑宾王腹中杂。宾王曰，我不怕杂，诸子百家一经吾腹都化为妙物。谑庵曰，正极怪兄化，珍羞百味未尝不入君腹也。

十六　一秀才专记旧文，试出果佳，夸示谑庵定当第一。谑庵曰，还是第半。秀才不喻。谑庵曰，那一半是别人的。

十七　李懋明令泾，过姑孰，谑庵飨之，询种玉事。懋明曰，尚未。谑庵曰，何不广侧室。懋明曰，正大苦此，家大人相迫，不得已卜就一人。眉宇蹙然。谑庵曰，如此苦情，可谓养亲之志矣。良久，懋明喷饭。

十八　徐文江先生南京兆时，长洲令某渡江遣吏候之，辄自讳以为非所遣也。另一吏迹至句容，令决云，不是我。文江愤愤。谑庵曰，此倒是个希罕物，天下无不是的父母。先生笑释。

十九　谑庵入觐，过一好弈年友，曰，上门欺负。年友曰，径送书帕则讫，何必借棋。诸庵曰，不是书帕，还是怕输。

二十　钱仲美每与谑庵戏敌。仲美谒补时倭警正急，仲美曰，太平守不得命而乱将至，奈何。谑庵曰，宁为太平犬，莫作乱离人也。仲美拍掌。既而改补池阳，谑庵补令得太平当涂，例当持手板仰谒，一见即云，谁作太平之犬，吾今池中物也。谑庵曰，无可奈何，遇诸涂矣。

二一　安庆司理於葵作威福，怒人取贿。谑庵令姑孰，徐玄仗向谑庵曰，曾被於四尊怪否？谑庵曰，蒙怪讫。

二二　姑孰试儒童，有一少年持卷求面教，密云，童生父严，止求姑取，其实不通，胸中实实疏空，平日实实不曾读书。谑庵曰，汝父还与你亲，我是生人，识面之初心腹岂可尽抖。

二三　舟过高邮，同行友仆市蛋溷其目，又忘记行家姓氏，第云，鸭蛋主人数的。此友大愤，手披其颊，曰，就问王爷，鸭蛋是主人否！谑庵曰，是主人，曾记得箕子为之奴。一笑而罢。

二四　瞿慕川文集到，或言于谑庵曰，慕川真饱学。谑庵曰，便是肚里吃得多了。

二五　一友性痴忘，有黄君在坐，业询其姓矣，俄而曰吴兄，又俄而曰杨兄。黄微以自举，而此友须臾又问，还是吴兄还是杨兄。谑庵不耐曰，不吴不杨，不告于兄。

二六　熊思城宪淮扬时，谑庵过之，酒间曰，一事欲与年兄商量，今日讲学诸生再不明白本立而道生。谑庵曰，此极易解，一反观而得也。思城曰，何谓反观？谑庵曰，本道而立生便是矣。

二七　谑庵弱冠筮令得槐里，同年郭象蒙以治民相戏曰，关中借重不胜光宠，第政成之日百姓何以为情，他人留靴，老父母必留裈也。谑庵曰，多感雅情，父老脱靴，行时或不敢望，一入贵乡，部民子女必先脱裈矣。象蒙趣马驰去。

二八　豫章罗生讲学，曰，他人银子不可看作自家的，他人妻子不可当作自家的。谑庵起坐一躬曰，是。

二九　青蒲讼孀妇服欠改庭，谑庵计日服正满矣，唤之曰，尔恰恰免罪，所守之日又多乎哉。孀妇曰，小妇人急得紧，等不得了。谑庵曰，还该说穷得紧，等不得了。

三十　谑庵令茂陵，至多宝寺，一行脚僧瞑坐，受人投体不为动。谑庵询主僧，何得无□。（案此处纸破缺一字，非开天窗也。）[②] 主僧曰，这师父打坐能打到过去未来。谑庵曰，看大号板子！再替他打个现在。须臾行脚遁无迹矣。

三一　一小人同官姑孰，初至三易其裳，惨态错出，一应随役俱于衣背置一白圈，书正身也。谑庵不能忍之，酒间取笔戏题曰，选锋膏药。小人不解，谑庵曰，可使有勇，且知方也。次日尽斥去，竟以此怀惭构隙。小人有父，至官舍，五日哄去。谑庵曰，此真劳于王事而不得养矣。或又闻之，遂为终身不解之恨。(原注云，犯所讳也。)

三二　江南有大豪，势横数世，天以咸池水报之。其内私人衷墙，为怨族所获。同年理此郡，语谑庵有此异事。谑庵曰，此乃祖之所教也，独不闻其先有虞氏养国老于上庠，养庶老于下庠乎。

三三　族有穷奇，才的决出反，急避谑庵。谑庵出而劳之曰，尔可改过，今后是个名人了，七十杖于国矣。

三四　徐兵宪戏董比部惧内。比部曰，人不惧内必为乱臣贼子矣。谑庵曰，不尔，乱臣贼子惧。

三五　鄂君在坐，张参军佞之曰，尊公当日亦芳致。谑庵曰，又追王太王王季。

三六　同寅集句容。有言一人犯奸痛决，怨其势曰，尔图乐今害我。势曰，极该打你，我不过一探望，推而耸之谁也。一坐哑哑，徐之，谑庵不禁再笑。语者曰，老先生想得滋味矣。谑庵曰，更妙处在忽作人言。

三七　某子甲有淫毒。一友曰，年已知命，何为尔。一先生曰，年固耳顺也。谑庵曰，又从心。

三八　欲约数同韵酹徐文长墓。邵参军曰，是日各赋一诗。谑庵曰，倒又要他死一遭了。

三九　钱理斋貌人极肖，有苏友欲驾之，然所貌殊不似。一日请评。谑庵曰，理斋那得如君，渠笔浅易，一望而尽，不若君能变幻，令人仿佛费沉思也。

四十　优儿谭惟孝一时艳哄，每戏阕，少年候劳进参鸭者恐后。某生私之，得出门溲遗略奉其手，纳金一铤，色犹薄怒。谑庵闻之曰，所谓南风五两轻也。

四一　某刺史生傲甚，诗质谑庵，方古人何等。谑庵曰，大约渊明风味。喜而问答者再矣。一日留谑庵鸡黍，止存宾主，曰，吾子素强，何至渊明佞我。谑庵起席耳语之曰，老先生诗有些陶气。

四二　沈丘壑画驴，非骡即马，不习北方，定无似理，数争之驴也。适讼之蔡汉逸，汉逸具言所以，指画耳足短长之法，沈有恚色。谑庵曰，胸中丘壑，卿自用卿法，吾亦爱吾庐耳。

四三　谑庵偶于雪地中小溺，玉汝倪太史谑之曰，此乃惶恐。谑庵曰，还作忸怩。

四四　香山何公号象岗者，一日作对相难，问海狗肾何对？谑庵曰，莫逾尊号。何公笑逸。

屠本畯曰，禅机也，兵法也，战国之滑稽也，晋人之玄麈也，唐之诗赋，宋之道学，元之乐府，明之时文，知其解者尽于此也。

［案］《悔谑》一篇原收在《文饭小品》卷二之末，目录题计四十则，实乃有四十四则。屠君评语本在篇首书眉上，今移于后。文中误字稍有改正，疑似者仍之。所录谑语间有不甚可解者，其什九都还可懂得，原拟稍加注解，如四三之惶恐（王孔）与忸怩（玉倪），皆越音双关，但注笑话有似嚼饭哺人，过犹不及，且又不能全部注出，故悉从略以归一律。

二十五年十二月九日，抄录者附记。

【锺校】

①“郡邑吏”原作“郡吏邑”。

【鄢校】

②据顺治十五年王鼎起刻本《文饭小品》，此缺字为“礼”字。

图书在版编目(CIP)数据

瓜豆集/周作人著作;锺叔河编订. —长沙:岳麓书社,2019.1(2022.7 重印)

ISBN 978-7-5538-0894-9

Ⅰ.①瓜…　Ⅱ.①周…②锺…　Ⅲ.①散文集—中国—现代 Ⅳ.①I266

中国版本图书馆 CIP 数据核字(2018)第 035457 号

GUA DOU JI

瓜豆集

周作人著作　锺叔河编订

特约编辑:鄢　琨

责任编辑:蒋　浩

责任校对:舒　舍

书籍设计:风格八号

岳麓书社出版发行

地址:湖南省长沙市爱民路 47 号

直销电话:0731-88804152　0731-88885616

邮编:410006

版次:2019 年 1 月第 1 版

印次:2022 年 7 月第 3 次印刷

开本:787mm×1092mm　1/32

印张:9

字数:146 千字

印数:7 001—9 000

书号:ISBN 978-7-5538-0894-9

定价:28.00 元

承印:长沙鸿发印务实业有限公司

如有印装质量问题,请与本社印务部联系

电话:0731-88884129